AF215046

Tucholsky Wagner Zola Scott Sydow Freud Schlegel
Turgenev Wallace Fonatne
Twain Walther von der Vogelweide Fouqué Friedrich II. von Preußen
Weber Freiligrath Frey
Fechner Weiße Rose von Fallersleben Kant Ernst Frommel
Fichte Richthofen
Hölderlin
Engels Fielding Eichendorff Tacitus Dumas
Fehrs Faber Flaubert Eliasberg Ebner Eschenbach
Feuerbach Maximilian I. von Habsburg Fock Eliot Zweig Vergil
Ewald
Goethe Elisabeth von Österreich London
Mendelssohn Balzac Shakespeare Dostojewski Ganghofer
Lichtenberg Rathenau Doyle Gjellerup
Trackl Stevenson Tolstoi Hambruch
Mommsen Thoma Lenz Hanrieder Droste-Hülshoff
Dach Verne von Arnim Hägele Hauff Humboldt
Karrillon Reuter Rousseau Hagen Hauptmann Gautier
Garschin
Damaschke Defoe Hebbel Baudelaire
Descartes
Hegel Kussmaul Herder
Wolfram von Eschenbach Dickens Schopenhauer Rilke George
Bronner Darwin Melville Grimm Jerome Bebel Proust
Campe Horváth Aristoteles
Bismarck Vigny Barlach Voltaire Federer Herodot
Gengenbach Heine
Storm Casanova Tersteegen Grillparzer Georgy
Chamberlain Lessing Langbein Gilm Gryphius
Brentano Lafontaine
Strachwitz Claudius Schiller Schilling Kralik Iffland Sokrates
Katharina II. von Rußland Bellamy Gerstäcker Raabe Gibbon Tschechow
Löns Hesse Hoffmann Gogol Wilde Vulpius
Luther Heym Hofmannsthal Klee Hölty Morgenstern Gleim
Roth Heyse Klopstock Goedicke
Luxemburg Puschkin Homer Kleist
La Roche Horaz Mörike Musil
Machiavelli
Navarra Aurel Musset Kierkegaard Kraft Kraus
Nestroy Marie de France Lamprecht Kind Kirchhoff Hugo Moltke
Laotse Ipsen Liebknecht
Nietzsche Nansen Ringelnatz
Marx Lassalle Gorki Klett Leibniz
von Ossietzky May vom Stein Lawrence Irving
Petalozzi Knigge
Platon Pückler Michelangelo Kafka
Sachs Poe Kock
Liebermann Korolenko
de Sade Praetorius Mistral Zetkin

Der Verlag tredition aus Hamburg veröffentlicht in der Reihe **TREDITION CLASSICS** Werke aus mehr als zwei Jahrtausenden. Diese waren zu einem Großteil vergriffen oder nur noch antiquarisch erhältlich.

Symbolfigur für **TREDITION CLASSICS** ist Johannes Gutenberg (1400 — 1468), der Erfinder des Buchdrucks mit Metalllettern und der Druckerpresse.

Mit der Buchreihe **TREDITION CLASSICS** verfolgt tredition das Ziel, tausende Klassiker der Weltliteratur verschiedener Sprachen wieder als gedruckte Bücher aufzulegen – und das weltweit!

Die Buchreihe dient zur Bewahrung der Literatur und Förderung der Kultur. Sie trägt so dazu bei, dass viele tausend Werke nicht in Vergessenheit geraten.

Glossen bis 1924

Karl Kraus

Impressum

Autor: Karl Kraus
Umschlagkonzept: toepferschumann, Berlin

Verlag: tredition GmbH, Hamburg
ISBN: 978-3-8424-9141-0
Printed in Germany

Ein Tag aus der großen Zeit

Seite 9:

Der eiserne Kriegsbecher
Aufruf des Ehrenausschusses

Wien, 2. August.

Wir haben bereits das neueste Kriegsandenken, den eisernen Kriegsbecher, eingehend besprochen. Der Gedanke, dem Publikum zum Dank für die durch den Ankauf eines Bechers geleistete Kriegshilfe die Erwerbung eines wirklich schönen und nicht alltäglichen Erinnerungszeichens zu ermöglichen, stammt vom Statthalter der Steiermark, Grafen Manfred Clary und Aldringen. Die außerordentlich geschmackvolle Form und Ziselierung des Festbechers (denn als solcher ist das durch die große Zeit geweihte Trinkgefäß gedacht) hat Professor Marschall geschaffen. Der Aufruf, in welchem sich der Ehrenausschuß an die Öffentlichkeit wendet, hat folgenden Wortlaut: Denkmale, welche die Völker dem Ruhme der Vergangenheit errichten, reden zu allen

Seite 10:

Das Inkrafttreten des Schlagobersverbotes in Wien
Der erste Tag des »obersfreien«
Wiener Kriegsjause.

Wien, 2. August.

Mit dem gestrigen Tage war in Wien die Statthaltereiverordnung, die die Verwendung von Schlagobers, und zwar sowohl die Erzeugung als den Verkauf und die gewerbsmäßige Verwendung verbietet, in Kraft getreten. Auch zur gewerbsmäßigen Erzeugung non Gefrornem war von heute ob die Milchverwendung untersagt, was das Ende alter Arten von »Obersgefrornem« bedeutete. Die Durchführung der Verordnung ging, wie hervorzuheben ist, ganz glatt von statten. Das Publikum der Kaffeehäuser fügte sich widerspruchslos in die neue Ordnung, die mit der notwendigen Einschränkung des Milchverbrauches begründet ist. Wie die Abschaffung des Weißgebäcks, *so*

und sind Gemeingut. *Aber auch in der Einsamkeit oder im engen Kreis der Familie schwingt sich das Gemüt des einzelne* zu den höchsten Höhen allgemeiner Begeisterung empor, so oft ihn die im eigenen Heim als teures Kleinod aufbewahrten Erinnerungszeichen und Symbole an große Zeiten gemahnen. Und welch große Zeit durchleben wir heute! Ja, wann waren die *Waffen* geheiligter als jetzt, da sich die Völker der Monarchie in flammender Empörung erhoben und in hingebender Begeisterung um ihren heißverehrten Kaiser scharten, den tückischen Einbruch des Feindes abzuwehren – wann pochten mächtigere Feinde, größere Gefahren *an die Tore des altehrwürdigen Reiches* seit den Zeiten, da in *Ost und West* auflodernde Flammen im welthistorischen Ringen seinen Bestandbedrohten *und zum erstenmal des großen Prinzen Eugenius sieghaftes Lied erklang.* Es war die weihevolle Stunde, als es nun wiederum erscholl und Antwort fand im mächtigen deutschen Kriegsgesang. Und als unser heißgeliebter

wurde auch die Abschaffung des Schlagobers verständnisvoll als eine jener zweckmäßigen Maßregeln hingenommen, die uns das Durchhalten erleichtern sollen. Bemerkenswert waren die Veränderungen in der »Wiener Jause«, die der gestrige Tag bereits beobachten ließ. In den Küchen der Stadtkaffeehäuser gab es plötzlich ganz *überflüssige Geräte*; die außer Dienst gestellten »Schlagobersmaschinen«. Als die Jausenzeit in den zahllosen »Jausenstationen« des Wiener Rayons herannahte, trat das neue Verbot erst eigentlich in Erscheinung. Überall wurde Kaffee ohne die so charakteristischen weißen »Borten« von Obers serviert. Die zahlreichen Damenjausenbesucherinnen *auf den Kaffeeterrassen* nahmen die vom Markör kurz erläuterte Abschaffung des gewohnten *Doppelschlag* mit Verständnis entgegen *und bestellten einfach* – »Melange mit Haut«. In den Kaffeehäusern sind im Kellnerjargon die Stammgäste längst in *»Schlag«- und in »Hautesser«* eingeteilt. Letztere, zumeist Herren, mußten jedoch die gewohnte Zutat

Monarch zu seinem erhabenen Bundesgenossen die herrlichen Worte sprach:«In Treue drücke ich deine starke Hand«, da schlugen *hoch auf die Herzen,* und von der Nordsee bis zur Adria, vom Rhein bis zur Donau rauschte in heiliger Welle das Gelöbnis des Treubundes. *Der Glanz antiker Größe durchleuchtet unsere Zeit* – er umstrahlt unsere Helden im Felde und schimmert in Palast und Hütte. Einen *Abglanz* davon noch lebendig zu erhalten und noch Kindern und Enkeln zu vermitteln in einem Symbol, *einem Erinnerungszeichen von dauerndem Werte,* ist unser *Gedanke.*

Es war von vornherein klar, daß dieses Ziel nur durch Schaffung eines Erinnerungsgegenstandes erreichbar ist, der in jedem Hause Verwendung finden kann, daß er aber, um Dauerwert zu gewinnen, auch würdig sein muß, *die Größe der Zeit* und die Heiligkeit unseres Bündnisses in wahrhaft künstlerischer Weise zu versinnlichen und trotzdem *auch dem Minderbemittelten erschwinglich sein soll.*

heute vielfach entbehren, da von einem Liter Milch beim besten Willen nicht mehr als *höchstens fünf Portionen* damit versehen werden konnten. Eine weitere Folge der Reform war, daß die *Markörkunststücke,* sieben bis acht Kaffeegläser auf einmal zu befördern, nicht mehr durchführbar waren. Ein Markör erklärte dies damit, daß der »Gupf« von Schlagobers bisher *eine feste Bindung des Kaffees nach oben* gebildet habe, so daß nichts verschüttet werden konnte. Nun aber gerate die leere Flüssigkeit allzu leicht *ins »Schwabbern«,* so daß nur mehr drei bis vier Tassen auf einmal getragen werden könnten. Die zweite Neuerung des gestrige Tages in den Kaffeehäusern war *die Abschaffung des Obersgefrornen.* Die Kaffeesieder halfen sich damit, daß sie das Gefrorne – kalt gestelltes Kaffee-Eis – statt mit Beimengung von Obers *mit – Wasser versetzten.* Die breite Lage von Obers auf den Gläsern wurde, um der Darbietung ein »Gesicht« zu geben, durch gehäuftes Vanilleeis halbwegs ersetzt, auch wurden hie und da *größere Porti-*

Nichts eignet sich hiezu besser als der Becher; findet er doch meist bei feierlichen Anlässen Verwendung. Wie kein anderer Gegenstand eignet er sich, die Erinnerung an die *große Zeit* der Verbrüderung in uns zu erwecken, zugleich aber auch eine sinnige Zier jedes Heims zu bilden.

Der Kriegsbecher 1914/15, das Symbol der Erinnerung an heroische Zeit und der Verbrüderung in gemeinsamer Gefahr *muß den hellsten Widerhall in den verbündeten Völkern finden.*

Mit der Verkörperung *dieses Gedankens* betraut, schuf Kammermedailleur Professor Marschall in Wien, *eine Berühmtheit auf diesem Gebiete* und zugleich der einzige Künstler, dem es in letzter Zeit gegönnt war, Billdnisse der beiden erhabenen Majestäten in voller Lebenswahrheit zu modellieren, nach Überwindung vielfacher Schwierigkeiten ein auserlesen schönes Bechermodell, das auf einem Edelmetallreifen das herrliche Doppelmedaillon der hohen verbündeten Majestäten trägt nebst dem von Ottokar Kernstock,

onen geboten. Auch die übrigen Gefrornensorten wurden noch geboten, jedoch mit Wasser hergestellt und ohne Obersschaum. Das Publikum *hielt sich mehr an die Frucht-eissorten,* »Erdbeer«. »Himbeer« usw. *Bei den Zuckerbäckern versuchte man gleichfalls,* das entfallende Schlagobers so gut als möglich zu ersetzen. Die Schlagoberskrapfen waren sämtlich verschwunden. Wie schon angekündigt, half man sich mit »*Schnee*« *aus Eiweiß.* Die »Erdbeeren mit Rahm«, bisher eine im Sommer beliebte Erfrischung, waren natürlich nicht zu ersetzen. Aber auch das Publikum der Zuckerbäcker erwies sich als *verständig* genug, um sich mit der unvermeidlichen Maßregel, die die Schonung der Milchvorräte bezweckt, rasch abzufinden. In Kreisen der Gewerbe. die sich mit den durch das Schlagobersverbot berührten Artikeln befassen, konnte man vielfach Zweifel bezüglich der Gültigkeit des Verbotes *hinsichtlich eventueller Verwendung von Trockenmilchtabletten* zur Eisbereitung vernehmen. Tatsächlich ist die Trockenmilch, die

dem berühmten Sänger des »St. Jörg«, verfaßten Becherspruche:

Klar, wie dies Glas ist unser Recht! Weh' dem, der es zerbrechen möcht'! *Unsere harte, eherne Zeit wies noch einen ganz besonderen Weg.* Was sollte sinnfälliger und packender die späteren Generationen an diese Zeit und unserTreuegelöbnis erinnern,als der ihnen von den Vätern aus der Heldenzeit ererbte eiserne Kriegsbecher. Kernstock gab den Spruch: Den eisernen Becher, den vollen weiht, Den eisernen Helden der eisernen Zeit!

auch vom Auslande eingeführt wird, in der Verordnung nicht erwähnt, und es bedürfte entsprechender Unterweisung, ob auch die Trockenmilch in das Milchberbot bei der Eiserzeugung einbezogen ist.

Die wackre Schalek forcht sich nit

ging ihres Weges Schritt vor Schritt, ließ sich den Schild mit Pfeilen spicken und tät nur spöttisch um sich blicken. Die Schalek oder wie ihr Untertitel lautet, »die erste und bisher einzige vom Kriegspressequartier als Berichterstatterin zugelassene Dame« – denn willst du wissen, was sich ziemt, so frage nur bei edlen Frauen an –, die Schalek also ist jetzt »in der Glut des Erlebens«, hat nur Spott und Hohn für das tatenlose Hinterland, verachtet die »Daheimhockenden, die aus der Zeitung den Krieg erleben«, aus der Zeitung, für welche die Schalek berichtet, bedauert jeden, »dem es nicht vergönnt ist, Tirol im Kriege zu sehen«, und läßt sich von keiner Gefahr anfechten. Was auf den ersten Blick wie ein selbst in dieser großen Zeit auffallender Mangel an Schamgefühl berührt, ist nur jener frische Offensivgeist, mit dem die Schalek bis an die vorderste Front vordringt und worin sie es kecklich mit einem Roda Roda aufnimmt oder mit einem Klein, der auch schon in Schützengräben gefrühstückt hat. Sie fühlt sich zwischen Batterien zuhause, wie nur eine andere zwischen Dunstobst, stellt ihren Mann, macht sich nichts daraus, einem eben beschäftigten Offizier »die Einzelheiten förmlich aus dem herb verschlossenen Mund zu ziehen« und hat auch schon tirolerisch gelernt, denn sie will gehört haben, wie ein Landesschütze gesagt hat: »Schaugts, jetzt trauen sie *siach*.« Es ist aber immerhin möglich, daß der diesbezügliche Landesschütze kein Tiroler, sondern ein Ischler war, den die Schalek noch aus einem Wiener Wohltätigkeitskomitee, also aus dem verächtlichsten Hinterland persönlich kennt. Aber wenn man von solchen Zufälligkeiten ab- und näher hinsieht, ist natürlich jeder Landesschütze eine Überraschung und gar jeder Standschütze ein echter Defregger oder wenn man will ein Egger-Lienz. Wie gemalt sitzen sie da, noch mehr für die Kunstkritik als für die Kriegsberichterstattung geschaffen. »Erst wenn sie ausspucken und 'Grüaß Gott!' sagen und plötzlich ein schlau verstohlenes Zwinkern ins Auge hängen«, dann fühlt man, daß sie lebendig sind. Mindestens dürfte ein Beweis für ihre Lebendigkeit sein, daß sie schlau verstohlen zwinkern, wenn sie unter den Rezensenten ihrer Tätigkeit jetzt auch ein weibliches Mitglied des Pressequartiers zu Gesicht bekommen müssen. Denn das Ausspucken und Grüaß-Gott!-sagen hätte im Verkehr mit den männlichen Angehörigen dieser Institution auch ein Ölgemälde lernen müssen. Es versteht sich aber schon von selbst, daß die Gewehrsmänner im Verkehr mit den Gewährsmännern überaus zuvorkommend sind, nun gar gegenüber einer Frau, die diesen schönen Beruf ergriffen hat, und wenn diese Gäste »auf einer Höhe von mehr als dritthalbtausend Meter« einen Stützpunkt zu inspizieren wünschen, so wird ihnen dort nicht nur etwas vorgeschossen, sondern sie finden auch einen gedeckten Tisch. »*Man hat feierliche Vorbereitungen zu unserem Empfange getroffen*«, und der Tisch ist mit Blumen, sogar mit Trophäen geschmückt, wobei wohl erstere eine zarte Aufmerksamkeit für die männlichen Schapseln, letztere einen Willkommgruß für die Schalek, bedeuten. Wie kühn die Schalek vergeht, erfahren wir ins ihrer eigenen Schilderung:

> Einen Stützpunkt darf ich ersteigen, nachdem der Kommandant des Talabschnittes *eigens in unser Quartier herübergekommen ist, um unsere Wünsche zu erfahren.* Männer auf solchen Posten verfügen niemals über leere Viertelstunden –

Aber um der Presse entgegenzukommen, bringen sie's immer noch zuwege und dann werden sogar leere Stunden daraus.

> Meinen großen Wunsch, *einen exponierten Punkt besuchen zu dürfen*, kann er freilich nicht erfüllen, weil jede unnötige Regung, die den Feind veranlassen könnte, einen Punkt, auf den er eingeschossen ist, unter Feuer zu nehmen, unsere Soldaten in Gefahr bringen kann.

Wohlgemerkt, die Soldaten – die Mitglieder des Pressequartiers und zumal die Schalek würde es nicht tuschieren.

Hingegen bekommen wir die Erlaubnis, bis zu einem Stützpunkt *vorzustoßen*, und da dies einen starken Fußmarsch bedingt, teilt sich das Kriegspressequartier in zwei Gruppen ...

Ein Standschütze, der der Gruppe, welcher sich die Schalek anschloß, ansichtig wurde, hatte noch die Geistesgegenwart, ein schlau verstohlenes Zwinkern ins Auge zu hängen und den Ausruf zu tun:«Schaugts, jetzt traut sie siach!« Ein anderer Standschütze, der der anderen Gruppe ansichtig wurde, spuckte nur aus und sagte Grüaß Gott! Ich schließe mich der Meinung dieses zweiten Standschützen im ersten Punkt an. Ich bitte aber Gott ausdrücklich und inständig, nicht zu grüßen, sondern Blitz und Hagel bereit zu halten und die Tiroler Landes- und Standschützendavor zu bewahren, daß ihre Leistung zum Schauspiel für Individuen werde, die statt über Operettenpremieren und Blumenkorsos zu referieren, jetzt auf einer Höhe von dritthalbtausend Meter ihr niedriges Metier ausüben. Und in irdischen Gewalten, die jetzt mehr als Gott selbst vermögen, bitte ich, auch in diesem Punkte Ernst zu machen. Den dort nicht Beschäftigten den Eintritt nach Südtirol zu verbieten. Wenn sie vorstoßen wollen, sie zurückzustoßen. Und von der vorgeschriebenen »Marschroute«, mit der sich unsere braven Feuilletonisten brüsten, höchstens mit Hintansetzung des Anfangsbuchstaben Gebrauch zu machen!

Der seelische Aufschwung

auf einer Fahrt der Elektrischen Baden-Wien. Personen: Ein Schwerbetrunkener, der im zivilen Leben ein Möbelpacker sein dürfte, Riesenfigur, buschiger Schnurrbart, Pepitahosen, welche die Spuren von übermäßigem Weingenuß und einer eben überstandenen gewaltsamen Entfernung vom Tatort zeigen. Er hat einen Sack neben sich, aus dem er hin und wieder eine Flasche hervorzieht. Er gerät mit einem Paar in Streit, weil er an das Mädchen angestoßen ist, bedroht den Begleiter, und brüllt die ganze Fahrt hindurch: »A so a Binkel – wüll sich da aufbrausnen – wos hom denn Sö fürs Votterland geleistet? Legitimiern S' Ihna! Vur mir! Schaun S' mi an – solchene Söhne wie Sö hob i im Föld – die wos mehr Bart ham als wie Sö – die leisten wos – fürs Votterland – wissen S' von wo i kumm – von Boden kumm i – vom Spitol – durt is mein Sohn – Sö Binkel – legitimiern solln S' Ihna – was glauben denn Sö – so aner – wüll sich da aufbrausnen – vielleicht weils Ihner Muckerl bei Ihna hobn – was ham denn Sö fürs Votterland geleistet? – Schaun S' mi an – i leist was – fürs Votterland – a jeder soll aufbrausnen als wia der – Sö Binkel – i leist wos – legitimiern S' Ihna – do schaun S' her – wissen S' wos dös is – a Földpostkarten von mein Neffen – fürs Votterland – Sö Binkel – legitimiern soll er sich – der Binkel – vur mir soll er sich legitimiern – hot nix geleistet – fürs Votterland –« Nachdem er sich über Zureden des schwächlich aussehenden Kondukteurs ein wenig beruhigt hat, bietet er den Umsitzenden, auf die er abwechselnd fällt, die Flasche: »G'fällig, Herr Nachbar – weil mer Österreicher san!« Ein so angesprochenes galizisches Flüchtlingsehepaar lehnt dankend ab und flieht auf andere Plätze, läßt aber an der alten Stelle den Schirm zurück. Der Kondukteur sucht den Gast, der wieder laut wird, zu beruhigen. Man hört nur noch die Worte: Binkel, Votterland und legitimieren, und hat die Empfindung, daß namentlich die beiden letzteren im Gehirn des Mannes bereits eine unauflösliche Verbindung eingegangen sind. Der Verzehrungssteuerbeamte erscheint, sichtlich erfreut, und wünscht zu wissen, was der Mann im Binkel habe. »Der Binkel – fürs Votterland – legitimiern –« grollt dieser dumpf. Er wird nach langem Zureden dazu gebracht, zu öffnen und eine Steuer von 20 Heller zu erlegen. Während dessen hält der Zug. Ein Wiener, der inzwischen den Platz eingenommen hat, wo das galizische Paar gesessen war, beginnt unzufrieden zu werden: »Da müssen mir halt alle warten, wegen so einer Lappalie! Immer gibts auf dera Strecken solche Unannehmlichkeiten!« Der unzufriedene Wiener verläßt den Zug. In der nächsten Station verläßt auch der Besoffene den Zug und ruft von außen noch, wieder lebhafter werdend: »Fürs Votterland – soll er si legitimiern – der Binkel – hat nix geleistet – fürs Votterland –« Das galizische Paar bezieht, nachdem die Gefahr beseitigt ist, wieder die alten Plätze. »Wo ist der Schirm, Herr Kondukteur wo ist der Schirm?« Den hat der unzufriedene Wiener mitgenommen, weil es draußen regnet. Aber auch das Wageninnere ist ganz naß. Sonst hat sich nichts verändert, in all der Zeit. Wir sind in Wien.

Die Nebensache

Ich suche einen
Schwiegervater

der sich mit mir in Konfektion etabliert; bin 33 Jahre alt, bekannt als Reisender und Konfektionär. Verm. verb. J. C. 331-8 Exp. d. Bl-, Berlin SW Cherez la femme, kann mann man da wohl nicht mehr sagen. Suchs Frauerl! Wo ist sie? Er sagt nicht: Einheirat, denn auch der Schwiegervater ist noch nicht etabliert. Sonst sagten sie wenigstens, daß sie das Geschäft finden wollen und darum die Frau suchen. Sie brauchten doch einen lebendigen Vorwand. Das fällt jetzt weg; der Schwiegervater ist das Rudiment einer überwundenen Entwicklung, die noch Sentimentalitäten kannte und die Frau beim Warenbestand berücksichtigte. Das ist vorbei. Ein Schwiegervater wird gesucht. Die Tochter kann tot sein, wenn sie will; ist sie bei der Hochzeit da, gut, nicht – nicht. Wird er das Konfektionslager mit dem Schwiegervater teilen! Es ist eine Neuerung in der Damenkonfektionsbranche. Konfektion ohne Dame. Der Glanz antiker Größe durchleuchtet unsere Zeit. Wo ist sie, die dieses Schicksal treffen wird? Die vielleicht die Annonce liest und nicht weiß, daß letzten Endes doch sie gemeint ist! Wo lebt die Konfektionsware? Wo lebt dieses fertige Kleidungsstück von Weib? Wo ist sie, daß ich sie beschwöre, sich jetzt zu verbergen und sich lieber zu töten als der Kadaver dieser Hyäne zu sein. Männer sterben jetzt durch Zufall, Frauen werden gebären, weil zwei sich etablieren wollen. Ein heroisches Zeitalter bricht ein. Beklaget nicht was gewesen. Komm o Morgenrot! Zwei Haderlumpen werden sich in dieser großen Zeit über dem toten Leben eines Mädchens die Hand reichen.

Formen

»Unsere Flieger statten, über vom Feinde besetzte 2000 Meter hohe Berge hinwegfliegend, den Italienern *Besuche* ab und geben uns sehr wertvolle Nachrichten, den Italienern *elegante Visitkarten aus, Ekrasit und Eisen ab* ...«

Ein Weib

»Gedanken«, die der Frau Emmi Lewald »in schlaflosen Nächten« und in Velhagen und Klasings Monatsheften kommen:

»Dreitausend tote Engländer vor der Front!« *Keine Symphonie klänge mir jetzt schöner! Wie das angenehm durch die Nerven rinnt , tröstlich, hoffnungserweckend: »Dreitausend tote Engländer vor der Front!« – bis in die Träume klingt es nach und surrt wie eine schmeichelnde Melodie ums Haupt. .. .*

Schmückedeinheim

> **Heldengrab**
> zugleich Reliquien-
> kästchen und Photo-
> graphieständer. Der
> Vertrieb einer wirk-
> lich interessanten
> Kriegsneuheit, in
> Deutschland und
> Österreich-Ungarn
> patentamtlich ge-
> schützt, ein Helden-
> grab darstellend,
> genau der Wirklich-
> keit nachgebildet,
> wird an tüchtige
> Herren gegen hohe
> Provision vergeben.

Eine Wienerin meint:

»... Besonders die hohen Kragen sind für mich ein Merkmal von Paris. *Denn die Pariserinnen haben hohe, schmale, häßliche Hälse* und müssen deshalb trachten, sie durch einen hohen Kragen zu verbergen. *Die Wienerin aber*, die einen schönen, weißen, molligen Hals hat, bedarf des schützendes Kragens nicht und will ihren Hals *lieber frei tragen.* ...«

Warum nicht, recht hat sie. Von der Pariserin, die sich auf Vergleiche wohlweislich überhaupt nicht einläßt, weil ihr eben die Lüge im schmalen Halse stecken bliebe, nimmt kein Hund mehr einen Bissen. Daß sie häßlich und ungraziös ist, hat man schon immer gewußt und sich nur nicht getraut auszusprechen. Aber jetzt, wo alle Rücksichten aufhören und man aus freiem Hals der Wahrheit wieder die Ehre geben kann, stellt sich auch noch heraus, daß sie weder montiert noch riegelsam, weder g'statzt noch Gluckert ist, weder, mangels jeglicher Hochquellenleitung, einen hübschen

Kropf hat, noch ein zartes Goderl, von dem man sagen könnte, daß doppelt besser hält, weder eine g'schmackige Rückenlinie noch ein unterspicktes Vorderes, ferner daß es auch mit den Gspaßlaberln nicht zum besten bestellt ist und daß sie überhaupt nicht das ist, was man ein mudelsauberes Weibi nennen wird, und deshalb auch nicht so leicht Gelegenheit finden dürfte, zu einem Mandi »Gehn S' weg Sie Schlimmer!« zu sagen. Während hingegen, wie der Dichter hervorhebt, das Schöne und das Gute der Wienerin bekanntlich im Blute liegt, und wallt drin jederzeit. So daß also natürlich das Resultat »in punkto Feschität« ein tadelloses ist, aber schon »taarloos«, und man sich genötigt sieht, dazu »tulli« zu sagen oder, je nachdem, »Ihnen gesagt«.

Kriegsnamen

Wie sich der Krieg in Berliner Standesämtern zu erkennen gibt, davon entwirft das Berliner Tageblatt eine, offenbar zufriedene, Schilderung: ...

Eine Frau hat ihrem neugeborenen Sohn den Vornamen »Belgrad« gegeben ... Karl Friedrich Belgrad Schulze heißt nun der junge Erdenbürger. Wenigstens im standesamtlichen Register – der Pastor, der das Kind taufen sollte, weigerte sich, den Namen Belgrad anzunehmen, da es der Name einer heidnischen Gottheit sei. Die Standesbeamten aber weisen alle diese Namen keineswegs zurück – nur »anstößige« Namen sind verboten -, sondern freuen sich im Gegenteil, wenn der Patriotismus sich auf diese Weise Luft macht. »Belgrad« als Vorname ist durchaus nicht vereinzelt geblieben. Ein Beamter des Admiralstabes nannte seinen Sohn »Wilna«, ein Postsekretär den seinigen »Longwy«, eine westpreußische Flüchtlingsfrau ließ »Tannenberg« eintragen, ein Bauhandwerker »Warschau«, ein Name, der überhaupt mehrfach wiederkehrt. Aber wesentlich häufiger als der Gebrauch von Städte- oder Schlachtennamen ist der von Heerführern ... Von den Generälen steht natürlich »Hindenburg« obenan. In allen Standesamtsbezirken, die dafür überhaupt in Betracht kommen, ist Hindenburg als Vorname sehr beliebt ... Nur müssen die Standesbeamten streng darauf achten, daß »Hindenburg« nicht unmittelbar vor dem Geschlechtsnamen stehen darf – es könnte sonst zu leicht ein adeliger Doppelname daraus werden ... Neben »Hindenburg« ist »Zeppelin« am häufigsten ... Wesentlich seltener sind andere, die eine bestimmte Tendenz zum Ausdruck bringen sollen. So gab ein Oberlehrer an dem Tage, da der Abfall Italiens bekannt wurde, seinem neugeborenen Töchterlein den Namen »Fides« (Treue), womit er jedenfalls gegen die welsche Untreue protestieren wollte. Ein anderer hatte zu Beginn des Krieges noch großes Vertrauen zu dem südlichen Bundesgenossen und wollte, daß sein Sohn »Dreibund« genannt werde, was ihm der Standesbeamte jedoch ausgeredet hat.

In einer patriotischen Berliner Familie, die viele Köpfe hat, dürfte es dereinst so zugehen. Vater: »Jungens, was habt ihr denn nu wieder? Was is'n los?« »Belgrad ist gefallen!« »Müßt ihr denn immer 'rumtollen?« »Vater, Hindenburg pisackt Tannenberg, und da kam ik denn zwischen, er kriegte mich zu fassen und da -« »Nu gebt doch mal Ruhe! Nehmt euch ein Beispiel an Zeppelin!« »Nee, is nich, Zeppelin ist der ärgste, vorhin hat er gedroht, daß er über Wilna kommt!« »Ihr seid mir aber Jören!« »Sie hat anjefangen!« »Nu man stille! Longwy, laß deine Nase in Ruh! Ja hört mal, wo is denn Dreibund?« »Wir haben Einkreisen gespielt und da hat er sich den Stiefel abgetreten, 's war zum Schießen!« »Das will mir gar nicht gefallen, benehmt euch doch. Nanu, wo is denn aber Warschau?« (Warschau erscheint bleich in der Tür.) »Vater, ik hab mir übergeben müssen.«

Kein Mensch wird glauben

... Der Gärungsprozeß hat bereits begonnen und er wird mit der Abschüttelung des englischen Einflusses enden. Wenn dieser Zeitpunkt gekommen ist, dann wird auch der Krieg ein Ende haben. Daß er beendigt werden könnte, weil es an Menschen fehlt, daran glaubt kein Mensch, eher würde das Fehlen von kriegstechnischem Material das Kriegsende beschleunigen.

Ich habe gewiß nie daran geglaubt. Gehen die Menschen aus – weil die Menschen eingehen –, so werden eben die Maschinen kämpfen, was doch auch endlich den Sinn der Maschine vollenden würde. Kein Mensch wird glauben. Nämlich glauben, daß der Krieg zu Ende sein könnte, weil kein Mensch da ist. Denn ist man einmal so weit, so ist es klar, daß kein Mensch das und jenes glauben wird. Er fehlt ja eben. Und die Maschinen werden wissen, daß es weiter geht.

Zuhause

Kürzlich, heimkehrend, fand ich der Auswanderungsgründe die Fülle. Pallawatsch, Morast, Verspätung, Windregen, graues Elend, Wiener Werkstätte mit Dreck gefüllt, mit einem Wort: Salzburger Bahnhof. Endlich ein freier Tisch – ich belege ihn mit den Handschuhn, auf den Sessel den Hut, was wohl genügen wird, inzwischen wird noch der von Furien gepeitschte Kellner eine Suppe hinwerfen, ich eile zum Schalter, wo es nach einem alten Bahnhofbrauch, aus dem Gehorsam vor dem Wort »Zugluft«, enorm zieht. Da ich zurückkomme, sitzt dort, wo der Hut gesessen hatte, ein Mensch und daneben noch einer; zwei, die auf den ersten Blick geradezu wie zwei Deutschösterreicher aussehen, Überbleibsel eines Volksstammes, wie sie dereinst in der Berliner Passage zu sehen sein werden, die letzten Azteken und so mexikanische Völker, die sich für die Nibelungenuntreue gewinnen ließen. Die zwei essen schon. Der Hut liegt irgendwo, ganz zerquetscht. Der eine ist ein geistlicher Herr, der andere ein profaner. Ich gebe meinem Erstaunen über diese Okkupation Ausdruck und frage den vorbeigepeitschten Kellner nach der Suppe. Die eben ist requiriert und wird bereits ausgelöffelt. Der Esser ruft mir zu: »Wären S' net außigangen!« und »Wie kann denn i wissen, daß dös Ihnare Suppen is?« Auf meine Frage, wie er denn gewußt habe, daß es die seine ist, treffen mich, unter Schlürfen, haßerfüllte Blicke. Ob ihm nicht der Zusammenhang zwischen dem Hut und der Suppe aufgefallen sei, frage ich Theoretiker. »So tiaf wia Sö denk i net!« ruft mir der Mann der Tat mit dem Recht des Eroberers zu. Ich wende mich einem Tisch zu, den soeben zwei mit dem Kellner hadernde Frauen verlassen, und denke über das Problem der Weltkriegsursache nach. Wieder bestätigt es sich mir, daß nichts was nachher geschah, das furchtbarste nicht, was sie taten oder wozu sie ihren Segen gaben, an das was vorher geschah, hinanreicht, an die kleinen Lebensäußerungen, die einer unausrottbaren Gemütsart entstammten, auch jenen in der weiten Welt spürbar, denen sie kein Opfer der Bequemlichkeit auferlegt haben. Der Nebenmensch, der den andern für den Nebenmenschen hält, in den christlichen Gegenden dort am häufigsten, wo er den geraden deutschen Weg zu seinem Vorteil geht –

der Geruch der Eigenschaften, die ihn ausmachen, transzendiert besser als der Ruhm.

Ich höre

daß die Kriegsberichterstatterin Fräulein Alice Schalek das goldene Verdienstkreuz mit der Krone am Bande der Tapferkeitsmedaille bekommen hat.

Wien 1917

... Als Ursache des Selbstmordversuches wurde erhoben, daß das Mädchen wie ihre übrigen fünf Geschwister von ihrem Vater, dem in der Felberstraße 82 wohnhaften Fleischhauergehilfen Josef Pichl, auf grausame Weise mißhandelt wurde und daß alle sechs Kinder hungern mußten und kaum etwas anzuziehen hatten, obwohl der Vater viel verdiente und auch die zwei ältesten Kinder ihren Verdienst den Eltern nach Hause brachten. Laut einer dem Polizeikommissariat Schmelz erstatteten Anzeige hatte Josef Pichl, der alle sechs Kinder durch *Schläge mit einem Ochsenziemer* und durch *Fußtritte* auf barbarische Weise mißhandelte, für eines der unglücklichen Kinder, die 13jährige Anna, eine förmliche *Folter* erfunden, indem er *dem Mädchen einen Riemen um den Hals schlang, sie an demselben in die Höhe zog und sie baumeln ließ* ... Die Kinder hatten immer Flecken im Gesicht, die von Schlägen herrührten. Auch das Kind, das er mit dem Riemen um den Hals aufzog und baumeln ließ, hatte er *in dieser Situation noch geprügelt* und es am Schlusse noch *mit den Füßen getreten*. Es kam auch zu Tage, daß die beiden ältesten Mädchen den Entschluß gefaßt hatten, sich zu vergiften, um ihrer Qual ein Ende zu machen.

... Die unglückliche Anna habe oft *am Riemen baumeln* müssen, an dem sie der Vater emporgezogen habe, indem er gleichzeitig ihren Rücken mit einem *Ochsenziemer* bearbeitete ...

Bezirksrichter Dr. Mihatsch verurteilte den Angeklagten zu *vierzehn Tagen* verschärften Arrests ... Die mitangeklagte Gattin wurde *freigesprochen*.

Ist dies nicht von allen Schlachtberichten der ärgste? Jener hatte das »häusliche Züchtigungsrecht« zwar angewandt, jedoch »überschritten«. Die Menschheit, die es liest, geht am Abend ins Theater. Hätte das Elternpaar seinerzeit sechsfach am keimenden Leben sich vergriffen, es säße heute noch im Zuchthaus. In dieser Wildnis leben wir und nennen sie Gesetzlichkeit. Die berufen sind, dies Unmaß abzuschwächen, opfern sich für die böhmische Kreiseinteilung. Es gab aber auch, ehe das Urteil niederfiel, eine Aussprache zwischen dem Ankläger und diesem sechsfachen Vater Mattern:

> Da der Angeklagte in der Anklage als Trinker bezeichnet wird, stellte der staatsanwaltschaftliche Funktionär an ihn die Frage, *wie viel* er trinke. – Angekl.: Es sind höchstens sechs Krügeln im Tag. – Staatsanwaltschaftlicher Funktionär: *So viel Bier bekommt man jetzt gar nicht.* – Angekl.: Wenn ich nur zwei Krügeln Bier krieg', kauf' ich mir noch vier Viertel Wein dazu. – Staatsanwaltschaftlicher Funktionär: *Bei den jetzigen Weinpreisen macht das eine hübsche Summe aus.* Damit hätten Sie den Hunger ihrer Kinder stillen können.

Daß der Riemen bei den heutigen Lederpreisen übel angewandt war, ist in diesem Gespräch gar nicht berührt worden. Es macht die Bluttat zur Gemütlichkeit und wahrlich, das ist sie auch im Vergleich zu dem!

Weltalldarin

Aus den ›Alldeutschen Blättern‹:

Englands Ende« von Rudolf Heubner.

> Von dieser im Jahre 1914 von mir *nebenbei* verlegten, sehr lesenswerten Flugschrift sind noch 1000 Stück vorrätig. Ich bitte um Abnahme in jeder beliebigen Menge: Einzelne Nummer 5 Pfennig, von 50 Stück ab 3 1/2 Pfennig. Porto berechnet, von 100 Stück ab portofrei. Gleichzeitig empfehle ich meine *eigentlichen* Waren: Backpulver, *Eisparpulver, Süßspeise*, Einmachsalizyl, F *leischbrüheersatzwürfel, Ochsenabbrühwürfel, Kunstpfeffer, Salattunke*, Schmierwaschmittel, Schuhcreme, *Mottenmittel »Globol* », *Einlegesohlen »Weltall«*.

> Nährmittelgroßhandlung, Plauen.

Englands Ende ist demnach gesichert. Bis dahin aber steht es doch auch fest, daß keine dortige Nährmittelhandlung, selbst wenn sie sich nebenbei zu einer Flugschrift »Deutschlands Ende« hinreißen ließe, gleichzeitig noch die eigentlichen Waren auf Lager hätte. Eisparpulver ist dort längst alle und Einlegesohlen »Weltall« hatten sie nie!

Sie wollen von uns nichts wissen

... Viele Engländer hatten keine Ahnung, daß eine Bukowina vorhanden sei. Sie wußten von Czernowitz weniger als von Australien und dennoch war der Name dieser Stadt plötzlich volkstümlich in England ...

Keine Ahnung haben, daß eine Bukowina vorhanden sei, wäre eigentlich der erstrebenswerte Zustand. Immer habe ich die Glockenblumen darum beneidet. Daß die Engländer von Czernowitz weniger gewußt haben als von Australien, stellt ihrem Patriotismus auch nicht gerade das schlechteste Zeugnis aus. Die Amerikaner sind noch ungebildeter, denn sie wissen nicht nur nicht, wo Czernowitz liegt, sondern glauben bekanntlich sogar, daß Wien die Hauptstadt von Australien ist. Es ist eine unleugbare Tatsache, daß manche dieser wilden Ententevölker erst durch unsere Siege über sie von unserer Existenz Kenntnis bekommen haben. Denn während wir mit der Hebung des Fremdenverkehrs beschäftigt waren, waren die Fremden damit beschäftigt, von uns nichts zu wissen oder uns zu verkennen, und Wien, die Weltstadt des Vormärz, übt seit der Erfindung der Eisenbahnverspätungen keine Anziehungskraft auf reisende Engländer aus. Da überdies das Café Westminster nicht mehr so, sondern geradezu Café Westmünster heißt und der Kragenlieferant, der sich einst stolz »zur englischen Flotte« bekannt hat, jetzt nur noch »zur Flotte« im allgemeinen hinneigt und in die tödlichste Verlegenheit käme, wenn man ihn fragte, zu welcher Flotte eigentlich sein Geschäft gehört, so sind das Zustände, die den Lords jeden Gusto auf Wien benehmen müssen. So wird denn die Kluft eine noch tiefere werden als vor dem Krieg. Kurz vor dessen Ausbruch wurde in Paris eine Revue aufgeführt, in der ein Ungar vorkam. Ja, was wissen die Franzosen von Budapest? Weniger als von Algier. Der Ungar trug einen roten Frack, der vorn mit einem Rakoczy-Marsch verschnürt war, denn Ungar sein, das bedeutet für das Ausland Mitglied einer Zigeunerkapelle oder sagen wir einer »Salonkapelle« sein. Da aber auch ein Österreicher in der Revue vorkommen sollte, so half sich die Regie mit einer Nuance. Was wissen die Franzosen von Wien? Weniger als von Madagaskar. Von dem Österreicher, der in Deutschland immerhin als Zahlkellner oder Librettist geschätzt ist, weiß man in Frankreich überhaupt nichts, außer daß er dem Ungarn verwandt ist, zu ihm gehört und einen Zylinder trägt. So trat denn auch der Österreicher in rotem Frack mit Schnüren à la Rakoczy auf, trug aber zur Betonung des Unterschieds noch einen Zylinder. Womit eigentlich das Wesen des Österreichers in seiner bunten Vielgestalt intuitiv erfaßt war. Aus solchem Gesamtstaat nun den Einzelfall des Czernowitzers herauszuholen und sinnfällig darzustellen, das wären die Franzosen sicher nicht imstande. Was wissen die Franzosen von Czernowitz? Weniger als von Elsaß-Lothringen!

Der deutsche Professor

Der Tabak und die Jugend. Von Prof. *Molenaar* (Darmstadt). Die ungeheure Qualmerei, wie sie jetzt nicht nur beim *Heer* – Trotz aller Verbote des *Generalkommandos* sieht man allenthalben – Es kann keinem Zweifel unterliegen, daß wir durch das unmäßige Rauchen im allgemeinen und das vorzeitige Qualmen der Jugendlichen im besonderen bis jetzt *mindestens zwei Armeekorps in diesem Kriege eingebüßt haben* – Es ist *erschreckend*, wie viele Männer in verhältnismäßig jungen Jahren herzkrank sind und dadurch *dem Heeresdienst,* der Ehe und der Fortpflanzung *entzogen werden – Im Interesse unseres Heeresersatzes* wäre ein gleiches Verbot auch bei uns dringend erwünscht – Ob der Tabak *im Kriege* mehr nützt oder schadet, bleibe dahingestellt, so viel ist aber sicher, daß Hunderte, wenn nicht Tausende von Nichtrauchern die Strapazen des *Felddienstes* ebenso gut aushielten wie die Raucher (hat man doch auch Jahrtausende lang *Krieg geführt,* ohne den Tabak zu kennen), und daß hervorragende *Heerführer*, wie *Graf v. Haeseler, Conrad v. Hoetzendorf* und *Mackensen*, ausgesprochene Tabaakgegner sind.

Einer statistischen Berechnung zufolge soll sogar der Heeresdienst selbst für die Gesundheit noch nachteiligere Folgen haben als das Rauchen und durch ihn allein sollen schon über zwei Armeekorps der Ehe und der Fortpflanzung entzogen worden sein, was umso erschreckender ist, als diese doch hauptsächlich dem Heeresersatz, also der Beschaffung des Menschenmaterials zu dienen haben. Häufig wird aber im Krieg ein Rauchen, das geradezu die Dimensionen eines Qualmens annimmt und einfach nicht mehr auszuhalten ist, beobachtet, so daß es höchste Zeit wäre, ein Rauchverbot für die Schlachtfelder zu erlassen. Die daselbst akquirierten Herzkrankheiten sind deshalb erschreckend, weil durch sie so viele Männer in verhältnismäßig jungen Jahren dem Heeresdienst entzogen werden. Ob der Tabak bei Sturmangriffen mehr nützt oder schadet, bleibe dahingestellt. Auf das gute Beispiel, mit dem die Heerführer hier vorangehen, muß nachdrücklich hingewiesen werden. Allerdings gilt das Problem nur für spezifisch deutsche Verhältnisse. In Staaten für Nichtraucher bleibt die Kriegführung von solchen Erwägungen unbeeinflußt, hier gilt die Erfahrung, die die Menschheit in den Jahrtausenden gesammelt hat, in denen der Tabak unbekannt und das Kriegführen doch eine Passion war.

Wippchen oder Prophet?

»... Wenn manche Posten nach dem Kriege verschwinden,
kommen ernstere hinzu, wie die Erhaltung der Invaliden, aus
denen schon jetzt, wenn sie dienstfähig wären, wenn sie
dienstfähig wären, eine Armee gebildet werden könnte.«

Fanatismus

Studenten, die barfuß ins Kolleg gehen. Würzburg, 25. Juni. Die Studenten der hiesigen Universität beschlossen, nur noch barfuß oder in Holzsandalen in die Vorlesungen und auf die Straße zu gehen, um der Bevölkerung ein *gutes Beispiel* zu geben. Die Leiter verschiedener Unterrichtsanstalten haben diesen Beschluß den Schülern der obern Klassen bekannt gegeben in der Erwartung, daß das Vorbild der Akademiker Nachahmung finden möge.

Das wäre uns auch erspart geblieben, wenn die deutschen Universitäten nicht so viel Ehrendoktorate hätten vergeben müssen. Aber seitdem der Sieger vom Skagerrak, dem die Bearbeitung von Goethes »Über allen Gipfeln ist Ruh« für U-Boot-Zwecke so gut gefallen hat, und zwar unmittelbar darauf, Ehrendoktor der Philosophie in Marburg geworden ist, während der Rektor dieser Universität einem friedensfreundlichen Kollegen ein Verbot des Generalkommandos vorgelesen hat, bin ich mehr als je dagegen, daß – barfuß oder in Schuhen – ins Kolleg gegangen wird. Ich war es schon zu der Zeit, als es noch Leder gab, nämlich außer dem vom Katheder selbst gebotenen. Auf die zweite Möglichkeit, die es noch gibt, statt ins Kolleg zu gehen, zu Hause zu bleiben, verfällt man in Würzburg gar nicht. Man hüte sich, allzu optimistische Erwartungen an das Experiment zu knüpfen; beim herrschenden Ledermangel dürfte sich die Wirkung des herrschenden Seifenmangels kaum so wohltätig fühlbar machen, wie man in Würzburg zu glauben scheint. Es sei. Aber jetzt wird sichs endlich zeigen, ob die Beteuerung, mit der man uns seit Sedan täglich in den Ohren gelegen ist: »Es gibt keine Schweißfüße mehr!«, auf Wahrheit beruht. Eine Zeit wie die jetzige neigt zur Sektenbildung und wenn das gute Beispiel der Barfüßer von Würzburg durchdringt, wenn es nicht bloß ein akademisches Vorhaben bleibt, so wird der Mann der Tat, der, mit dem Ausruf: Ich hab's gewagt! als erster vorangegangen ist, und in dessen Fußstapfen dann alle andern treten mußten, als Pionier fortleben.

Die Schuldfrage

oder
Was in Fleisch und Blut übergehen soll

«... Es gibt *nur eine Schuldfrage,* die auf der Tagesordnung des Stockholmer Kongresses stehen müßte, ebenso wie auf der Tagesordnung jedes Parteitages: *wieso das Proletariat in die Lage kommen konnte, seinen internationalen Geist und Zusammenhang zu verlieren.* Dazu genügt es nicht, im stolzen Besitz der materialistischen Geschichtsauffassung darzulegen, daß und welche ökonomische Wandlungen eine ganz andere Stellung des Proletariats in der imperialistischen Ökonomie und Staatsordnung bewirkt haben ... Vielmehr muß gerade die Aufzeigung dieser Ursachen, die dazu geführt haben, daß *das Proletariat überall in hohem Grade an den ökonomischen und politischen Interessen seiner Machthaber ein Mitinteresse zu gewinnen schien,* bis zu dem Punkte kritischer Einsicht fortgeführt werden, von dem aus das Proletariat erkennt, daß alle *diese wirklichen und oft nur eingebildeten Mitinteressen zuletzt dem großen gemeinschaftlichen Emanzipationsinteresse der ganzen Klasse nicht im Wege stehen dürfen,* daher Grad und Begrenzung ihrer Beachtung einzig und allein nur aus dem *internationalen Kampfziel des Proletariats* erhalten dürfen. Nur ein solcher Standpunkt, der freilich nicht bloßer Standpunkt, sondern *in Fleisch und Blut übergegangene Gesinnung* sein muß, kann das Proletariat der Welt wahrhaft einigen, nur ein solches Bewußtsein kann es sieghaft herausführen aus all den Jämmerlichkeiten und Fährlichkeiten seiner gegenwärtigen *unseligen Verstrickung in die Kriegspolitik* imperialistischer Staaten. Und nur in diesem Geiste wird schließlich auch jede Debatte über die Schuldfrage glücklich überwunden: denn es ist selbst ja die radikalste Befreiung von der *großen Schuld des Sozialismus in diesem Kriege.*»

Vortrefflich; nur schade, daß die Reue, die den Schuldigen ehrt, eine papierene Regung bleiben könnte, während die Beteiligung des Proletariats an den ökonomischen und politischen Interessen seiner Machthaber die blutige Realität bedeutet, die von den andern Papieren bekräftigt wird. Warum war denn das Emanzipationsinteresse nicht stark genug, diese Hilfe zu verhindern und jene Mitinteressen zu überwinden? Man frage die Technik, die das stärkste Interesse hat, ihre Mitarbeiter von deren Emanzipationsinteresse zu emanzipieren. Selbst der Katholizismus hat kein solches Weltabsurdum zu verantworten wie die andere Internationale, deren Gläubige in allen kriegführenden Staaten schon im Friedensberuf mit der Herstellung jener Behelfe befaßt sind, die ihnen gegenseitig den Tod bringen sollen. Kriegsminister und Offiziere erzeugen keine Flammenwerfer. Aber daß es die Zeit bis zu diesen gebracht hat, dürfte auch deren Verwendung gegen ihre Erzeuger erklären, deren Parteiideal doch schon erschaffen war, als die Entwicklung der Waffe eingesetzt hatte. Welche Idee vermöchte vor der eines Flammenwerfers zu bestehn! Daß er einen Philosophen tötet, ist beiweitem nicht so tragisch, wie daß er seinen Erzeuger tötet. Es ist jene tragische Schuldfrage, die kaum in Stockholm beantwortet werden wird, denn die Philosophen, soweit sie nicht die Opfer der weltherrschenden Idee sind, werden in Stockholm kaum zu Wort gelangen und das Emanzipationsinteresse wird bis dahin keine sonderlichen Fortschritte gemacht haben. Das internationale Kampfziel des Proletariats hat nicht gehindert, das Proletariat für das internationale Kampfziel zu gewinnen, und die Gesinnung, die in Fleisch und Blut übergehen mag, wird dies bei weitem nicht so gut treffen, wie ein Schrapnell, das zu erzeugen sie doch nicht verhindert hat.

Der Praeceptor Germaniae

Berlin, 29. Jan. (Wolff) In einer Ansprache, die der Chef des Hauses Krupp, Dr. Krupp von Bohlen und Halbach, zur Feier des Geburtstages des Kaisers an seine Beamten und Arbeiter hielt, sagte er u. a.:

»Nach der schnöden Abweisung unseres, in der Sicherheit des vollsten Kraftgefühls abgegebenen Friedensangebotes wußte das deutsche Volk zu Anfang des vorigen Jahres, daß *das Schwert doppelt geschliffen und die Büchse doppelt geladen* werden mußte. Das ist 1917 geschehen. Allerorten regte es sich in deutschen Landen, wie es noch nie vorher gesehen worden war. Gewaltige Bauten schossen *wie Pilze* aus dem Boden. Sie haben ja hier in *Essen* unsere gewaltigen Hindenburgwerkstätten vor Augen, die an Ausdehnung alle bisherigen bei weitem überragen. Die Schätze der Erde wurden gehoben, und wo unserer Gegner schadenfrohes Grinsen Mängel und Fehler zu wittern glaubte, häuften sich Lager und Bestände. So wurde aus millionenfachern Zusammenarbeiten Großes erreicht, das den Größten unseres Volkes als Pflicht und Ziel erschienen war – *die Erfüllung des Hindenburgprogramms*. Damit ist die Sicherung unserer kämpfenden Brüder durch *Schild und Waffe* selbst den Erzeugnissen der ganzen Welt gegenüber gewährleistet.«

Ganz abgesehen davon, daß der Deutsche beim Wort »Essen« Vorstellungen hat, die ihm der Gedanke an den Herrn Krupp doch nur sehr unvollständig befriedigt, und lieber schon sehen würde, daß aus dem deutschen Boden Pilze wie gewaltige Bauten schießen statt umgekehrt, wobei es aber anerkennenswert ist, daß ein geistiger Führer des Deutschtums, wenn er vergleichsweise sagt, daß etwas aus dem Boden schießt, doch noch an die Pilze denkt statt an die Maschinengewehre, die er erzeugt – ganz abgesehen davon muß man zugeben, daß dieser Cheff des Hauses Krupp wirklich das romantische Bedürfnis der deutschen Seele tadellos effektuiert. Daß er selbst der Erzeuger des doppelt geschliffenen Schwertes und der doppelt geladenen Büchse und somit an der schnöden Abweisung von Friedensangeboten einigermaßen interessiert ist, hindert ihn nicht nur nicht daran, den Feind zu verunglimpfen, sondern auch die Konkurrenz schlecht zu machen. Aber es geschieht immerhin in der Sprache, die der Auseinandersetzung moderner Mordindustrien den Charakter des Turniers wenigstens auf deutscher Seite sichert, wo man mit Schwert und Büchse, Schild und Waffe, also rechtschaffenen mittelalterlichen Erzeugnissen, ernst aber zuversichtlich den feindlichen Flammenwerfern, Gasgranaten und so Waren gegenübersteht und dennoch leistungsfähig bleibt.

Lionardo da Vinci

ist der Erfinder des Unterseeboots. Er schrieb:

> »– wie und warum ich nicht meine Art schreibe, unter dem Wasser zu bleiben, solang' ich bleiben kann ... ; und dies veröffentliche ich nicht oder erkläre es wegen der bösen Natur der Menschen, welche Art sie zu Ermordungen auf dem Grund des Meeres anwenden würden, indem sie den Boden der Schiffe brächen und selbige mitsamt den Menschen versenkten, die drinnen sind – »

Ei-Ersatz Dottofix

wenn er uns nichts gebracht hätte, der Krieg, als das und außerdem »Hausmacher-Eiernudeln« – so war er nicht zu führen! Ja, hätte doch ein Antidämon am 31. Juli 1914 (oder schon etwas früher) dem Grafen Berchtold und dem Bethmann-Hollweg zugeflüstert: Ei-Ersatz Dottofix! Sie hätten's nicht getan, bei Gott, sie hätten's nicht getan. Und gar mancher wäre auch durch die rechtzeitige Warnung »Tor, was beginnst du, du wirst zwar Prestige, aber keine Colgate-Rasiercreme haben einst!« dazu gebracht worden, es lieber mit einer Entspannung zu versuchen. Jetzt haben sie nur zwischen Ei-Ersatz Dottofix und Eier-Ersatz aus Schlemmkreide mit Backpulver die Wahl und wenn sie jenem nicht trauen und Zahnpulver-Ersatz nicht essen wollen, so bleiben ihnen nur die Hausmacher-Eiernudeln. Und darum Räuber und Mörder! Das Blut von zehn Millionen Toten – *das* konnte sich keiner vorstellen. Aber vielleicht hätte es genügt, das Zauberwort auszusprechen: Die Schuhbandeln werden ausgehen! »Ja was hat denn der Schlachtenruhm mit Schuhbandeln zu tun?« Also die Zündhölzchen werden alle sein! »Nicht doch: was haben denn Zündhölzchen mit unserer artilleristischen Überlegenheit zu schaffen?« So hätte denn gesagt werden

müssen, was wir *haben* werden. Ach, die losgelassene Maschinen-
bestie wäre still gestanden, wenn einer Phantasie und Mut besessen
hätte, vom Belt bis Banjaluka einen Ruf wie Donnerhall brausen zu
lassen: Ei-ersatz Dottofix!

Was es gibt

Über eine entsetzliche Lehrlingsmißhandlung hatte gestern
das Bezirksgericht Döbling zu urteilen. Der Schmiedemeister
Anton Ecker war da der Angeklagte. Im Dezember vorigen
Jahres fiel der schwächliche und geistig zurückgebliebene
Lehrling Johann M. bei der Arbeit *vor Erschöpfung zusammen.*
»Du bist ein Faulenzer und simulierst!« schrie ihn darauf der
Meister an und versetzte ihm solche *Faustschläge,* daß dem
Jungen *das Blut aus Nase und Mund quoll.* In der Verhandlung
gab der Lehrling an, daß acht Tage vor den letzten Weihnachten, als er einige Eisenstücke nicht gleich finden konnte,
ihn der Meister mit einem *glühenden Eisenstück,* das er gerade
in der Hand hatte, *in den Bauch stieß.* – Bezirksrichter Dr.
Dörr: Das kann doch nicht wahr sein, das wäre ja entsetzlich !
– Statt aller Antwort entblößte der Junge seinen Bauch und
zeigte dem Richter eine handgroße schlecht verheilte Brand-
wunde auf der linken Bauchhälfte. – Richter (zum Angeklagten): Was sagen Sie zu dieser Roheit? – Angekl.: Na, wenn
man an' Zorn hat, tut man gar viel. Ich bin ihm halt unvor-
sichtigerweise angekommen. – Der Richter ließ einen Amts-
arzt rufen. Dieser untersuchte den Lehrling und gab an, daß
die Wunde äußerst schmerzhaft gewesen sein und mindestens
eine achttägige Heilungsdauer in Anspruch genommen haben muß. Der Richter verurteilte den Lehrlingsschinder zu
einer Woche Arrest und außerdem zur Zahlung von hundert
Kronen Schmerzensgeld an den Lehrling.

Daß eine Zivilisation, die mit glühenden Eisenstücken nicht nur
die Erwachsenen über 17 bedroht, sondern sie schon Kindern in den
Bauch treibt, einer Justiz begegnet, die dafür eine Woche Arrest zu
vergeben hat, ist wohl in Ordnung. Der achttägigen Heilungsdauer
entspricht eine Woche Arrest. Der Richter, der es sah und entsetzlich fand, gab dafür eine Woche Arrest. In demselben Staat könnte
ich dafür, daß ich den Herrn Hans Müller durch die Meinung, sein

Empfang durch den deutschen Kaiser sei unglaublich – »Das kann doch nicht wahr sein, das wäre ja entsetzlich!« sagte ich, aber kein Richter würde es wiederholen –, »der Lüge beschuldigt«, also gekränkt habe, von Gesetzwegen sechs Monate bis zu einem Jahr bekommen. Wir sterben an den Kontrasten. Aber daß sich die Tollheit noch in Normen und Formen auslebt, das macht uns tragisch. Ich werde da wirklich nicht mehr lange mitmachen können.

Unsere Pallas Athene!

Gestern früh gab ein Soldat von einem Straßenbahnwagen aus bei der Haltestelle vor dem Parlamentsgebäude gegen die vor diesem stehende Statue der Pallas Athene zwei scharfe Schüsse aus einem Gewehr ab. Der Mann wurde von einem Offizier und zwei Soldaten entwaffnet und das Gewehr entladen. Der Soldat, der offenbar geistesgestört ist –

Wieso? Die kann einen schon aufregen. Ich war nicht im Krieg und trage kein Gewehr bei mir. Aber so oft ich die sehe, in ihrer vollkommenen Nichtbeziehung zu den Dingen, die in dem Haus drin und außerhalb vorgehen, höchstens daß einem der Abgeordnete Groß einfällt oder daß einem jetzt um das viele Stearin leid ist – wie sie dasteht, ein Denkmal des Wiener Schönheitssinnes, so eine noch immer fesche Hausmeisterin des hohen Hauses oder Verkörperung des Ideals halt von etwas Idealem oder Antikem oder in der Art, die meisten Passanten glauben jetzt, daß es die Austria ist oder die Germania, aber die Gebildeten wissen, daß es eine Palastathene ist, eigentlich gehört sie vors Burgtheater, weil sie akkurat aso aussieht, wie ich mir das christlichgermanische Schönheitsideal des Herrn Dr. von Millenkovich in antiker Gewandung vurstelle – so oft ich die sehe: was ist, frage ich da, aus all den Arbeitskräften geworden, die das in den Neunzigerjahren hinpappen mußten, ja die Katzelmacher die haben mit ihnerem Colleoni einpacken können aus Furcht vor uns, aber unserer Pallas Athene, der kann nichts g'schehn, in dem Punkt sind wir sicher, sie steht einmal da, keine feindliche Bombe, keine Kugel wird die treffen, und wenn jetzt einer von den Unsrigen sich so weit hat hinreißen lassen, so handelt es sich um die Tat eines offenbar Geistesgestörten, man darf nicht generalisieren, solche Leute soll man nicht auf die heimischen Kunstschätze loslassen, sondern soll sie einrückend machen, die Pallas Athene die muß uns erhalten bleiben im Weltkrieg, wär' nicht schlecht und so oft ich die sehe und alles andere rings herum sehe und höre, da spür' ich ordentlich, daß ich kein Gewehr bei mir trage!

Kriegsmüde

– das ist das dümmste von allen Worten, die die Zeit hat. Kriegsmüde sein das heißt müde sein des Mordes, müde des Raubes, müde der Lüge, müde der Dummheit, müde des Hungers, müde der Krankheit, müde des Schmutzes, müde des Chaos. War man je zu all dem frisch und munter? So wäre Kriegsmüdigkeit wahrlich ein Zustand, der keine Rettung verdient. Kriegsmüde hat man immer zu sein, das heißt, nicht nachdem, sondern ehe man den Krieg begonnen hat. Aus Kriegsmüdigkeit werde der Krieg nicht beendet, sondern unterlassen. Staaten, die im vierten Jahr der Kriegführung kriegsmüde sind, haben nichts besseres verdient als – durchhalten!

Es ist alles da, es ist nicht so wie bei arme Leute

Das Wolffsche Büro meldet: Die englischen Zeitungen verbreiten seit einiger Zeit wieder einmal allerlei Mitteilungen über den angeblich schlechten Ernährungszustand der deutschen Bevölkerung ... *Es spricht nicht gerade für die große Kriegsfreudigkeit* unter dem englischen Volke, *wenn seine Stimmung immer wieder durch die Verbreitung solcher Nachrichten gehoben werden muß, die allesamt mit den Tatsachen in direktem Widerspruch stehen.* So ergab eine soeben abgehaltene Rundfrage bei sechstausend größeren deutschen Krankenkassen, daß die Erkrankungen unter den Versicherten, bei Männern wie bei Frauen, *in ständigem Rückgang begriffen* sind. Ärztlicherseits wurde dabei ausdrücklich die *Bekömmlichkeit der gegenwärtigen Kriegskost* festgestellt ... Der Ärzteausschuß für Groß-Berlin insbesondere hat festgestellt, daß *die einfache Lebensweise im Kriege für viele Personen direkt gesundheitsfördernde Wirkungen hatte,* weil jetzt jeder, auch der Wohlhabende, *in der Aufnahme von Eiweißkörpern und Fett* und im Genuß von Spirituosen, Tabak und sonstigen anregenden Mitteln *enthaltsamer leben muß.* Infolgedessen ist auch *die Sterblichkeit in den unbemittelten Kreisen* Berlins *nicht größer als in den bemittelten.* Im allgemeinen sind nach den ärztlichen Feststellungen *die Krankenhäuser im Kriege weit weniger belegt als in Friedenszeiten.* Stoffwechselerkrankungen, wie die Zuckerruhr, gehen in den meisten Fällen zurück oder *schwinden völlig.* Auch die naheliegende Befürchtung, daß die Kriegskost für die Jugend nachteilige Folgen haben werde, *hat sich glücklicherweise nicht erfüllt.* Durch eine Rundfrage bei Schulärzten wurde festgestellt, daß *eine gesundheitliche Schädigung bei den Kindern nicht eingetreten ist. Für Säuglinge insbesondere* wird *in völlig ausreichender und vorbildlicher Weise gesorgt ...*

Ach, wenn es doch immer so bliebe! Oder: Das war eine herrliche Zeit! Oder wie sagt doch Alletter (Schöpfer des »Obu«)? So ähnlich wie: Ach könnt' ich noch einmal so leben! Aber wahr ist und bleibt, daß es nicht gerade für die Kriegsfreudigkeit unter dem englischen Volke spricht, wenn seine Stimmung immer wieder durch die Verbreitung solcher Nachrichten gehoben werden muß, die allesamt mit den Tatsachen in direktem Widerspruch stehen. Wie z. B., daß es den Deutschen schlecht geht und den Engländern gut. Wie es mit London in dem Punkt steht, ist unbekannt, aber sicher ist, daß heute die Sterblichkeit in den unbemittelten Kreisen Berlins nicht größer ist als in den bemittelten.

Kinder und Vögel sagen die Wahrheit

Ein Stuttgarter Kind schrieb:

> ... Heute haben wir zum erstenmal Flieger, und die haben Bomben heruntergeworfen und wir in der Schule haben sie gehört. Dann hat unsere Lehrerin gesagt, wir sollen unter die Schulbänke herunterschlupfen, und die Lehrerin hat sich in den Kasten, wo sie die Kleider darin hatte, versteckt. Aber die Kinder haben alle geweint. Bloß drei Kinder haben nicht geweint, und ich. Die haben gesagt: O Mamale, o Mamale! Ich habe Kopfweh bekommen, mein Herz hat so arg geklopft und zittern hab' ich auch müssen, aber nicht geweint. Dann haben die Kinder gebetet und die Lehrerin auch. Ich wollte auch, aber ich konnte doch keines. Wir sind alle gesund geblieben, Großmutter und Großvater auch. Als ich zum Essen heimkam, war ich noch weiß vor Angst, daß Großmutter, die sich doch nicht schnell verstecken kann und nicht bücken und unter das Sofa und unter alles zu dick ist, schon tot wäre ....

Eine Zeitung in Dunkerque brachte den Bericht eines englischen Soldaten:

.... Die Gasbomben sind eine fürchterliche Waffe der Deutschen. Merkwürdigerweise künden uns die Vögel den Angriff jener an. Häufig riechen wir die Gasdämpfe noch gar nicht, da verlassen die schlafenden Vögel schon die Zweige, auf denen sie gesessen sind, fliegen unruhig hin und her und piepen ängstlich. Solcherweise werden wir beinahe regelmäßig gewarnt und haben Zeit, Maßregeln zu treffen ....

Und die Menschen, die erwachsenen, wissen noch immer nicht, was sie tun.

Schön brav sein, Wotan

Dieses geschah Ecke Naglergasse und Haarhof.

> »Schön brav sein, Wotan, und sitzenbleiben!« sagte der gut-
> gekleidete junge Mann und sah scheu nach den Vorüberge-
> henden, ob sie etwa Verdacht schöpften. Wer kümmert sich
> drum, wenn einem Hund befohlen wird, daß er sich nicht
> rühren soll? – Der Neufundländer blickte seinen Herrn aus
> den restlos gutmütigen Augen traurig an, bettelte noch ein
> wenig mit der Pfote, fügte sich aber, als sein Brotherr strenge
> Miene machte. Er saß aufrecht, knapp neben dem Eckstein,
> während der Gebieter rasch im Dunkel des Haarhofes ver-
> schwand. Um sieben abends war das.
> Um zehn Uhr nachts saß er noch immer dort ... Auch um
> zwei Uhr morgens traf ich ihn auf der selben Stelle – –

Der Mitleidige, der es gesehen, sich entfernt und darüber geschrieben hat, dürfte kein erheblich bedeutenderer Ehrenmann sein
als der »Brotherr«, der es aufgab Herr zu sein, weil er kein Brot
mehr hatte. Da er's aber doch wohl noch für sich selbst hatte, dürfte
er ein Schuft sein. Das war er aber wohl schon, als er den armen
Hund besaß und ihn Wotan nannte. Wenn so etwas nicht möglich
wäre, wären vielleicht nie die Umstände eingetreten, die zu solch
infamem Abschied geführt haben, der wohl der schimpflichste Ver-
rat ist, welcher je an der Treue begangen wurde, von einem Kerl,
der sicher auf das Durchhalten stolz ist und die Nibelungentreue
über alle andern menschlichen Eigenschaften setzen dürfte. Es wird
sich schon herausstellen: Je weniger Walhalla, mehr Brot für Wotan.

Ein Brief Rosa Luxemburgs

Dem Andenken des edelsten Opfers widme ich die Vorlesung des folgenden Briefes, den Rosa Luxemburg aus dem Breslauer Weibergefängnis Mitte Dezember 1917 an Sonja Liebknecht geschrieben hat:

– Jetzt ist es ein Jahr, daß Karl in Luckau sitzt. Ich habe in diesem Monat oft daran gedacht, und genau vor einem Jahre waren Sie bei mir in Wronke, haben mir den schönen Weihnachtsbaum beschert ... Heuer habe ich mir hier einen besorgen lassen, aber man brachte mir einen ganz schäbigen mit fehlenden Ästen – kein Vergleich mit dem vorjährigen. Ich weiß nicht, wie ich darauf die acht Lichteln anbringe, die ich erstanden habe. Es ist mein drittes Weihnachten im Kittchen, aber nehmen Sie es ja nicht tragisch. Ich bin so ruhig und heiter wie immer. Gestern lag ich lange wach – ich kann jetzt nie vor ein Uhr einschlafen, muß aber schon um zehn ins Bett –, dann träume ich verschiedenes im Dunkeln. Gestern dachte ich also: Wie merkwürdig das ist, daß ich ständig in einem freudigen Rausch lebe – ohne jeden besonderen Grund. So liege ich zum Beispiel hier in der dunklen Zelle auf einer steinharten Matratze, um mich im Hause herrscht die übliche Kirchhofsstille, man kommt sich vor wie im Grabe: vom Fenster her zeichnet sich auf der Decke der Reflex der Laterne, die vor dem Gefängnis die ganze Nacht brennt. Von Zeit zu Zeit hört man nur ganz dumpf das ferne Rattern eines vorbeigehenden Eisenbahnzuges oder ganz in der Nähe unter den Fenstern das Räuspern der Schildwache, die in ihren schweren Stiefeln ein paar Schritte langsam macht, um die steifen Beine zu bewegen. Der Sand knirscht so hoffnungslos unter diesen Schritten, daß die ganze Öde und Ausweglosigkeit des Daseins daraus klingt in die feuchte, dunkle Nacht. Da liege ich still allein, gewickelt in diese vielfachen schwarzen Tücher der Finsternis, Langweile, Unfreiheit des Winters – und dabei klopft mein Herz, von einer unbegreiflichen, unbekannten inneren Freude, wie wenn ich im strahlenden Sonnenschein über eine blühende Wiese gehen würde. Und ich lächle im Dunkeln dem Leben, wie wenn ich irgend ein zauberndes Geheimnis wüßte, das alles Böse und Traurige Lügen straft und in lauter Helligkeit und Glück wandelt. Und dabei suche ich selbst nach einem Grund zu dieser Freude, finde nichts und muß wieder lächeln über mich selbst. Ich glaube, das Geheimnis ist nichts anderes als das Leben selbst; die tiefe nächtliche Finsternis ist so schön und weich wie Samt, wenn man nur richtig schaut. Und in dem Knirschen des feuchten Sandes unter den langsamen, schweren Schritten der Schildwache singt auch ein kleines schönes Lied vom Leben – wenn man nur richtig zu hören weiß. In solchen Augenblicken denke ich an Sie und möchte Ihnen so gern diesen Zauberschlüssel mitteilen, damit Sie immer und in allen Lagen das Schöne und Freudige des Lebens wahrnehmen, damit Sie auch im Rausch leben und wie über eine bunte Wiese gehen. Ich denke ja nicht daran, Sie mit Asketentum, mit eingebildeten Freuden abzuspeisen. Ich gönne Ihnen alle reellen Sinnesfreuden. Ich möchte Ihnen nur noch dazu meine unerschöpfliche innere Heiterkeit geben, damit ich um Sie ruhig bin, daß Sie in einem sternbestickten Mantel durchs Leben gehen, der Sie vor allem Kleinen, Trivialen und Beängstigenden schützt.

Sie haben im Steglitzer Park einen schönen Strauß aus schwarzen und rosavioletten Beeren gepflückt. Für die schwarzen Beeren kommen in Betracht entweder Holunder – seine Beeren hängen in schweren, dichten Trauben zwischen großen gefiederten Blattwedeln, sicher kennen Sie sie, oder, wahrscheinlicher, Liguster; schlanke, zierliche, aufrechte Rispen von Beeren und schmale, längliche grüne Blättchen. Diese rosavioletten, unter kleinen Blättchen versteckten Beeren können die der Zwergmispel sein; sie sind zwar eigentlich rot, aber in der späten Jahreszeit ein bißchen schon überreif und angefault, erscheinen sie oft violettrötlich; die Blättchen sehen der Myrte ähnlich, klein, spitz am Ende, dunkelgrün und ledrig oben, unten rauh.

[Sonjuscha, kennen Sie Platens: »Verhängnisvolle Gabel«? Könnten Sie es mir schicken oder bringen? Karl hat einmal erwähnt, daß er sie zuhause gelesen hat. Die Gedichte Georges sind schön; jetzt weiß ich, woher der Vers: »Und unterm

Rauschen rötlichen Getreides!« stammt, den Sie gewöhnlich hersagten, wenn wir im Felde spazieren gingen. Können Sie mir gelegentlich den neuen »Amadis« abschreiben, ich liebe das Gedicht so sehr – natürlich dank Hugo Wolffs Lied –, habe es aber nicht hier. Lesen Sie weiter die Lessing-Legende? Ich habe wieder zu Langes Geschichte des Materialismus gegriffen, die mich stets anregt und erfrischt. Ich möchte so sehr, daß Sie sie mal lesen.]

Ach, Sonitschka, ich habe hier einen scharfen Schmerz erlebt, auf dem Hof, wo ich spaziere, kommen oft Wagen vom Militär, voll bepackt mit Säcken oder alten Soldatenröcken und Hemden, oft mit Blutflecken. Die werden hier abgeladen, in den Zellen verteilt, geflickt, dann wieder aufgeladen und ans Militär abgeliefert. Neulich kam so ein Wagen, bespannt statt mit Pferden mit Büffeln. Ich sah die Tiere zum erstenmal in der Nähe. Sie sind kräftiger und breiter gebaut als unsere Rinder, mit flachen Köpfen und flach abgebogenen Hörnern, die Schädel also unseren Schafen ähnlicher, ganz schwarz mit großen sanften Augen. Sie stammen aus Rumänien, sind Kriegstrophäen. Die Soldaten, die den Wagen führen, erzählen, daß es sehr mühsam war, diese wilden Tiere zu fangen, und noch schwerer, sie, die an die Freiheit gewöhnt waren, zum Lastdienst zu benützen. Sie wurden furchtbar geprügelt, bis daß für sie das Wort gilt »vae victis« ... An hundert Stück der Tiere sollen in Breslau allein sein; dazu bekommen sie, die an die üppige rumänische Weide gewöhnt waren, elendes und karges Futter. Sie werden schonungslos ausgenützt, um alle möglichen Lastwagen zu schleppen, und gehen dabei rasch zugrunde. – Vor einigen Tagen kam also ein Wagen mit Säcken hereingefahren, die Last war so hoch aufgetürmt, daß die Büffel nicht über die Schwelle bei der Toreinfahrt konnten. Der begleitende Soldat, ein brutaler Kerl, fing an, derart auf die Tiere mit dem dicken Ende des Peitschenstieles loszuschlagen, daß die Aufseherin ihn empört zur Rede stellte, ob er denn kein Mitleid mit den Tieren hätte! »Mit uns Menschen hat auch niemand Mitleid«, antwortete er mit bösem Lächeln und hieb noch kräftiger ein ... Die Tiere zogen schließlich an und kamen über den Berg, aber eins blutete ...

Sonitschka, die Büffelhaut ist sprichwörtlich an Dicke und Zähigkeit, und die ward zerrissen. Die Tiere standen dann beim Abladen ganz still erschöpft und eines, das, welches blutete, schaute dabei vor sich hin mit einem Ausdruck in dem schwarzen Gesicht und den sanften schwarzen Augen wie ein verweintes Kind. Es war direkt der Ausdruck eines Kindes, das hart bestraft worden ist und nicht weiß, wofür, weshalb, nicht weiß, wie es der Qual und der rohen Gewalt entgehen soll ... ich stand davor und das Tier blickte mich an, mir rannen die Tränen herunter – es waren seine Tränen, man kann um den liebsten Bruder nicht schmerzlicher zucken, als ich in meiner Ohnmacht um dieses stille Leid zuckte. Wie weit, wie unerreichbar, verloren die freien, saftigen, grünen Weiden Rumäniens! Wie anders schien dort die Sonne, blies der Wind, wie anders waren die schönen Laute der Vögel oder das melodische Rufen der Hirten! Und hier – diese fremde schaurige Stadt, der dumpfe Stall, das ekelerregende muffige Heu mit faulem Stroh gemischt, die fremden, furchtbaren Menschen und – die Schläge, das Blut, das aus der frischen Wunde rinnt ... O mein armer Büffel, mein armer, geliebter Bruder, wir stehen hier beide so ohnmächtig und stumpf und sind nur eins im Schmerz, in Ohnmacht, in Sehnsucht. Derweil tummelten sich die Gefangenen geschäftig um den Wagen, luden die schweren Säcke ab und schleppten sie ins Haus; der Soldat aber steckte beide Hände in die Hosentaschen, spazierte mit großen Schritten über den Hof, lächelte und pfiff einen Gassenhauer. Und der ganze herrliche Krieg zog an mir vorbei ...

Sonjuscha, Liebste, seien Sie trotz alledem ruhig und heiter. So ist das Leben und so muß man es nehmen, tapfer, unverzagt Und lächelnd – trotz alledem.

Antwort an Rosa Luxemburg von einer Unsentimentalen

Innsbruck, 25. August 1920

Geehrter Herr Kraus,

Zufällig ist mir die letzte Nummer Ihrer »Fackel« *in die Hände gekommen* (ich war bis 4./II.I.J. Abonnentin) u. ich möchte mir gestatten Ihnen betreffs des von Ihnen so sehr bewunderten Briefes der Rosa Luxemburg Einiges zu erwidern, obwohl Ihnen eine Zuschrift aus dem ominösen *Innsbruck* vielleicht nicht sehr willkommen ist. Also: der Brief ist ja wirklich *recht schön u. rührend* u. ich stimme ganz mit Ihnen überein, daß er sehr wohl als Lesestück in den Schulbüchern für Volks- u. Mittelschulen figurieren könnte, wobei man dann im Vorwort lehrreiche Betrachtungen darüber anstellen könnte, wie viel ersprießlicher und erfreulicher das Leben der Luxemburg verlaufen wäre, wenn sie sich statt als Volksaufwieglerin etwa *als Wärterin in einem Zoologischen Garten od. dgl.* betätigt hätte, *in welchem Fall ihr wahrscheinlich auch das »Kittchen« erspart geblieben wäre.* Bei ihren botanischen Kenntnissen u. ihrer Vorliebe für Blumen hätte sie jedenfalls auch *in einer größeren Gärtnerei lohnende u. befriedigende Beschäftigung gefunden* u. hätte dann gewiß keine *Bekanntschaft mit Gewehrkolben gemacht.*

Was die etwas larmoyante Beschreibung des Büffels an belangt, so will ich es gern glauben, daß dieselbe ihren Eindruck auf die T *ränendrüsen der Kommerzienrätinnen* und der ästhetischen Jünglinge in Berlin, Dresden u. Prag nicht verfehlt hat. *Wer jedoch, wie ich, auf einem großen Gute Südungarns auf gewachsen ist,* u. diese Tiere, ihr *meist schäbiges, oft rissiges Fell u. ihren stets stumpfsinnigen »Gesichtsausdruck« von Jugend auf* kennt, betrachtet die Sache ruhiger. Die gute Luxemburg hat sich von den betreffenden Soldaten *tüchtig anplauschen* lassen (*ähnlich* wie s. Z. der sel. *Benedikt* mit den Grubenhunden) wobei wahrscheinlich noch Erinnerungen an Lederstrumpf, wilde Büffelherden in den Prärien etc. in ihrer Vorstellung mitgewirkt haben. – Wenn wirklich *unsere Feldgrauen,* abgesehn von den schweren Kämpfen, die sie in Rumänien zu bestehen hatten, noch Zeit, Kraft u. Lust gehabt hätten, wilde Büffel zu Hunderten einzufangen u. dann *stracks* zu Lasttieren zu zähmen, so wäre das aller Bewunderung wert, u. entschieden noch erstaunlicher, als daß die urkräftigen Tiere sich diese Behandlung hätten gefallen lassen.

Nun muß man aber wissen, daß die Büffel in diesen Gegenden seit undenklichen Zeiten *mit Vorliebe* als Lasttiere (sowie auch als Milchkühe) gezüchtet u. verwendet werden. Sie sind *anspruchslos im Futter* u. ungeheuer kräftig, *wenn auch von sehr langsamer Gangart.* Ich glaube daher nicht. daß der »*geliebte Bruder*« der Luxemburg besonders erstaunt gewesen sein dürfte, in Breslau einen Lastwagen ziehn zu müssen u. mit »dem Ende des Peitschenstieles« *Eines übers Fell zu bekommen.* Letzteres wird wohl – wenn es nicht gar zu roh geschieht bei Zugtieren ab u. zu unerläßlich sein, *da sie bloßen Vernunftgründen gegenüber nicht immer zugänglich sind,* – ebenso wie ich Ihnen als Mutter versichern kann, daß eine *Ohrfeige bei kräftigen Buben oft sehr wohltätig* wirkt! Man muß nicht immer das Schlimmste annehmen u. *die Leute (u. die Tiere)* prinzipiell nur bedauern, ohne die näheren Umstände zu kennen. Das kann mehr Böses als Gutes anrichten. – *Die Luxemburg hätte gewiß gerne,* wenn es ihr möglich gewesen wäre, den Büffeln Revolution gepredigt u. ihnen eine Büffel-Republik gegründet, wobei es sehr fraglich ist, ob sie imstande gewesen wäre, ihnen das – von ihr – geträumte Paradies mit »schönen Lauten der Vögel u. melodischen Rufen des Hirten« zu verschaffen u. ob die Büffel auf Letzteres *so besonderes Gewicht legen.* Es gibt eben viele *hysterische Frauen, die sich gern in Alles hineinmischen u. immer Einen gegen den Anderen hetzen möchten;* sie werden, wenn sie Geist und *einen guten Stil* haben, von der Menge willig gehört u. stiften viel Unheil in der Welt, *so daß man nicht zu sehr erstaunt sein darf,* wenn eine solche, die so oft Gewalt gepredigt hat, auch *ein gewaltsames Ende nimmt.*

Stille Kraft, Arbeit im nächsten Wirkungskreise, ruhige Güte u. Versöhnlichkeit ist, was uns mehr not tut, als *Sentimentalität* u. Verhetzung. *Meinen Sie nicht auch?*

Hochachtungsvoll

Frau v. X-Y

Was ich meine, ist: daß es mich sehr wenig interessiert, ob eine Nummer der Fackel »zufällig« oder anderwegen einer derartigen Bestie in ihre Fänge gekommen ist und ob sie bis 4. II. I. J. Abonnentin war oder es noch ist. Ist sie's gewesen, so weckt es unendliches Bedauern, daß sie's nicht mehr ist, denn wäre sie's noch, so würde sie's am Tage des Empfangs dieses Briefes, also ab 28. VIII. 1. J. nicht mehr sein. Weil ja bekanntlich die Fackel nicht wehrlos gegen das Schicksal ist, an solche Adresse zu gelangen. Was ich meine, ist: daß mir diese Zuschrift aus dem ominösen Innsbruck insofern ganz willkommen ist, als sie mir das Bild, das ich von der Geistigkeit dieser Stadt empfangen und geboten habe, auch nicht in einem Wesenszug alteriert und im Gegenteil alles ganz so ist, wie es sein soll. Was ich meine, ist, daß neben dem Brief der Rosa Luxemburg, wenn sich die sogenannten Republiken dazu aufraffen könnten, ihn durch ihre Lesebücher den aufwachsenden Generationen zu überliefern, gleich der Brief dieser Megäre abgedruckt werden müßte, um der Jugend nicht allein Ehrfurcht vor der Erhabenheit der menschlichen Natur beizubringen, sondern auch Abscheu vor ihrer Niedrigkeit und an dem handgreiflichsten Beispiel ein Gruseln vor der unausrottbaren Geistesart deutscher Fortpflanzerinnen, die uns das Leben bis zur todsichern Aussicht auf neue Kriege verhunzen wollen und die dem Satan einen Treueid geschworen zu haben scheinen, eben das was sie anno 1914 aus Heldentodgeilheit nicht verhindert haben, immer wieder geschehen zu lassen. Was ich meine, ist – und da will ich einmal mit dieser entmenschten Brut von Guts- und Blutsbesitzern und deren Anhang, da will ich mit ihnen, weil sie ja nicht deutsch verstehen und aus meinen »Widersprüchen« auf meine wahre Ansicht nicht schließen können, einmal deutsch reden, nämlich weil ich den Weltkrieg für eine unmißdeutbare Tatsache halte und die Zeit, die das Menschenleben auf einen Dreckhaufen reduziert hat, für eine unerbittliche Scheidewand – was ich meine, ist: Der Kommunismus als Realität ist nur das Widerspiel ihrer eigenen lebensschänderischen Ideologie, immerhin von Gnaden eines reineren ideellen Ursprungs, ein vertracktes Gegenmittel zum reineren ideellen Zweck – der Teufel hole seine Praxis, aber Gott erhalte ihn uns als konstante Drohung über den

Häuptern jener, so da Güter besitzen und alle andern zu deren Bewahrung und mit dem Trost, daß das Leben der Güter höchstes nicht sei, an die Fronten des Hungers und der vaterländischen Ehre treiben möchten. Gott erhalte ihn uns, damit dieses Gesindel, das schon nicht mehr ein und aus weiß vor Frechheit, nicht noch frecher werde, damit die Gesellschaft der ausschließlich Genußberechtigten, die da glaubt, daß die ihr botmäßige Menschheit genug der Liebe habe, wenn sie von ihnen die Syphilis bekommt, wenigstens doch auch mit einem Alpdruck zu Bette gehe! Damit ihnen wenigstens die Lust vergehe, ihren Opfern Moral zu predigen, und der Humor, über sie Witze zu machen! Zu Betrachtungen, wie viel erprießlicher und erfreulicher das Leben der Luxemburg verlaufen wäre, wenn sie sich als Wärterin in einem Zoologischen Garten betätigt hätte statt als Bändigerin von Menschenbestien, von denen sie schließlich zerfleischt ward, und ob sie als Gärtnerin edler Blumen, von denen sie allerdings mehr als eine Gutsbesitzerin wußte, lohnendere und befriedigendere Beschäftigung gefunden hätte denn als Gärtnerin menschlichen Unkrauts – zu solchen Betrachtungen wird, solange die Frechheit von der Furcht gezügelt ist, kein Atemzug langen. Auch bestünde die Gefahr, daß etwaiger Spott über das »Kittchen«, in dem eine Märtyrerin sitzt, auf der Stelle damit beantwortet würde, daß man es der Person, die sich solcher Schändlichkeit erdreistet hat, in die Höhe hebt, wenn man nicht eine Ohrfeige vorzöge, die, wie ich Ihnen versichern kann, bei kräftigen Heldenmüttern sehr wohltätig wirkt! Was vollends den Hohn darüber betrifft, daß Rosa Luxemburg »mit Gewehrkolben Bekanntschaft gemacht« hat, so wäre er gewiß mit ein paar Hieben, aber nur mit jenem Peitschenstiel, der Rosa Luxemburgs Büffel getroffen hat, nicht zu teuer bezahlt. Nur keine Sentimentalität! Larmoyante Beschreibungen solcher Prozeduren können wir nicht brauchen, das ist nichts für die Lesebücher. Wer auf einem großen Gut Südungarns aufgewachsen ist, wo das sowieso schon schäbige und rissige Fell der Büffel kein Mitleid mehr aufkommen läßt und ihr stets stumpfsinniger »Gesichtsausdruck« – ein Gesichtsausdruck, der mithin nicht nach der Andacht einer Luxemburg, sondern nach Gänsefüßen, nach den Fußtritten einer Gans verlangt – sich von dem idealen Antlitz der südungarischen Gutsbesitzer unsympathisch abhebt, der weiß, daß man in Ungarn noch ganz andere Prozeduren mit den Geschöpfen Gottes vornimmt, ohne mit der Wimper zu zucken. Und daß die Gutsbesitzerinnen mit den Kommerzienrätinnen darin völlig einig sind, sichs wohl gefallen zu lassen. Ich meine nun freilich, daß man weder für Revolutionstribunale sich begeistern noch mit dem Standpunkt jener Offiziere sympathisieren soll, die sich aus dem Grunde, weil das Letzte, was ihnen geblieben ist, die Ehre ist, dazu hingerissen fühlen, ihre Nebenmenschen zu kastrieren. Aber so ungerecht bin ich doch, daß ich zum Beispiel Damen, die noch heute »unsere Feldgrauen« sagen, verurteilen würde, den Abort einer Kaserne zu putzen und hierauf »stracks« den Adel abzulegen, von dem sie sich noch immer, und wär's auch nur in anonymen Besudelungen einer Toten, nicht trennen können. Allerdings meine ich auch, daß unsere Feldgrauen, abgesehen von den schweren Kämpfen, die sie in Rumänien zu bestehen hatten und zwar nur deshalb, weil die Lesebücher bis 1914 noch nicht vom Geist der Rosa Luxemburg, sondern von dem der Gutsbesitzerinnen inspiriert waren, faktisch auch Zeit, Kraft und Lust gehabt haben, Büffel zu stehlen und zu zähmen, und ferner, daß, solange die Bewunderung deutscher und südungarischer Walküren für die militärische Büffeldressur vorhält, auch die Menschheit nicht davor bewahrt sein wird, mit Vorliebe zu Lasttieren abgerichtet zu werden. Was ich aber außerdem noch meine – da ja nun einmal meine Meinung und nicht bloß mein Wort gehört werden will – ist: daß, wenn das Wort der guten Rosa Luxemburg nicht von der geringsten Tatsächlichkeit beglaubigt wäre und längst kein Tier Gottes mehr auf einer grünen Weide, sondern alles schon im Dienste des Kaufmanns, sie doch vor Gott wahrer gesprochen hätte als solch eine Gutsbesitzerin, die am Tier die Anspruchslosigkeit im Futter rühmt und nur die langsame Gangart beklagt, und daß die Menschlichkeit, die das Tier als den geliebten Bruder anschaut, doch wertvoller ist als die Bestialität, die solches belustigend findet und mit der Vorstellung scherzt, daß ein Büffel »nicht besonders erstaunt« ist, in Breslau einen Lastwagen ziehen zu müssen und mit dem Ende eines Peitschenstieles »Eines übers Fell zu bekommen«. Denn es ist jene ekelhafte Gewitztheit, die die Herren der Schöpfung und deren Damen »von Jugend auf« Bescheid wissen läßt, daß im Tier nichts los ist, daß es in demselben Maße gefühllos ist wie sein Besitzer, einfach aus dem Grund, weil es nicht mit der gleichen Portion Hochmut begabt wurde und zudem nicht fähig ist, in dem Kauderwelsch, über welches jener verfügt, seine Leiden preiszugeben.

Weil es vor dieser Sorte aber den Vorzug hat, »bloßen Vernunftgründen gegenüber nicht immer zugänglich« zu sein, erscheint ihr der Peitschenstiel »wohl ab und zu unerläßlich«. Wahrlich, sie verwendet ihn bloß aus dumpfer Wut gegen ein unsicheres Schicksal, das ihr selbst ihn irgendwie vorzubehalten scheint! Sie ohrfeigen auch ihre Kinder nur, deren Kraft sie an der eigenen Kraft messen, oder lassen sie von sexuell disponierten Kandidaten der Theologie nur darum mit Vorliebe martern, weil sie vom Leben oder vom Himmel irgendwas zu befürchten haben. Dabei haben die Kinder doch den Vorteil, daß sie die Schmach, von solchen Eltern geboren zu sein, durch den Entschluß, bessere zu werden, tilgen oder andernfalls sich dafür an den eigenen Kindern rächen können. Den Tieren jedoch, die nur durch Gewalt oder Betrug in die Leibeigenschaft des Menschen gelangen, ist es in dessen Rat bestimmt, sich von ihm entehren zu lassen, bevor sie von ihm gefressen werden. Er beschimpft das Tier, indem er seinesgleichen mit dem Namen des Tiers beschimpft, ja die Kreatur selbst ist ihm nur ein Schimpfwort. Über nichts mehr ist er erstaunt, und dem Tier, das es noch nicht verlernt hat, erlaubt ers nicht. Das Tier darf so wenig erstaunt sein über die Schmach, die er ihm antut, wie er selbst; und wie nur ein Büffel nicht über Breslau staunen soll, so wenig staunt der Gutsbesitzer, wenn der Mensch ein gewaltsames Ende nimmt. Denn wo die Welt für ihre Ordnung in Trümmer geht, da finden sie alles in Ordnung. Was will die gute Luxemburg? Natürlich, sie, die kein Gut besaß außer ihrem Herzen, die einen Büffel als Bruder betrachten wollte, hätte gewiß gern, wenn es ihr möglich gewesen wäre, den Büffeln Revolution gepredigt, ihnen eine Büffel-Republik gegründet, womöglich mit schönen Lauten der Vögel und dem melodischen Rufen der Hirten, wobei es fraglich ist, »ob die Büffel auf Letzteres so besonderes Gewicht legen«, da sie es selbstverständlich vorziehen, daß nur auf sie selbst Gewicht gelegt wird. Leider wäre es ihr absolut nicht gelungen, weil es eben auf Erden ja doch weit mehr Büffel gibt als Büffel! Daß sie es am liebsten versucht hätte, beweist eben nur, daß sie zu den vielen hysterischen Frauen gehört hat, die sich gern in Alles hineinmischen und immer Einen gegen den Anderen hetzen möchten. Was ich nun meine, ist, daß in den Kreisen der Gutsbesitzerinnen dieses klinische Bild sich oft so deutlich vom Hintergrund aller Haus- und Feldtätigkeit abhebt, daß man versucht wäre zu glauben, es seien die geborenen Revolutionärinnen. Bei näherem Zusehn würde man jedoch erkennen, daß es nur dumme Gänse sind. Womit man aber wieder in den verbrecherischen Hochmut der Menschenrasse verfiele, die alle ihre Mängel und üblen Eigenschaften mit Vorliebe den wehrlosen Tieren zuschiebt, während es zum Beispiel noch nie einem Ochsen, der in Innsbruck lebt, oder einer Gans, die auf einem großen südungarischen Gut aufgewachsen ist, eingefallen ist, einander einen Innsbrucker oder eine südungarische Gutsbesitzerin zu schelten. Auch würden sie nie, wenn sie sich schon vermäßen, über Geistiges zu urteilen, es beim »guten Stil« anpacken und gönnerisch eine Eigenschaft anerkennen, die ihnen selbst in so auffallendem Maße abgeht. Sie hätten – wiewohl sie bloßen Vernunftgründen »gegenüber« nicht immer zugänglich sind – zu viel Takt, einen schlecht geschriebenen Brief abzuschicken, und zu viel Scham, ihn zu schreiben. Keine Gans hat eine so schlechte Feder, daß sie's vermöchte! Meinen Sie nicht auch? Sie ist intelligent, von Natur gutmütig und mag von ihrer Besitzerin gegessen, aber nicht mit ihr verwechselt sein. Was nun wieder diese Kreatur vor jener voraus hat, ist, daß sie sichs im Ernstfall, wenn's ihr selbst an den Kragen gehen könnte, beim Himmel mit dem Katechismus zu richten versteht und daß sie dazu noch die Güte für sich selbst hat, einen zu ermahnen, man müsse »nicht immer das Schlimmste annehmen und die Leute (u. die Tiere) prinzipiell nur bedauern, ohne die näheren Umstände zu kennen; das kann mehr Böses als Gutes anrichten.« Böses vor allem für die prädestinierten Besitzer von Leuten (u. Tieren), deren Verfügungsrecht einer göttlichen Satzung entspricht, die nur Aufwiegler und landfremde Elemente wie zum Beispiel jener Jesus Christus antasten wollen, die aber in Geltung bleibt, da das Streben nach irdischen Gütern Gottseidank älter ist als das christliche Gebot und dieses überleben wird. So meine ich!

Was nützen ihm die Tausendkronennoten?

[Bernard Shaws »Riesenvermögen von Tausendkronennoten«.]
Aus *Budapest* wird uns berichtet: Bernard *Shaw* richtete an
seinen Budapester Rechtsanwalt Emil Szalay ein Schreiben,
in welchem es heißt: »Die Bank hat mich von allen Ihrerseits
zu meinen Gunsten erfolgten Einzahlungen verständigt. Wie
könnte ich zu meinem Gelde gelangen? Sie schreibt, daß zwischen England und Ungarn ein Clearingverkehr eingeführt
werden wird. Ich habe bisher davon nichts gehört. *Zu meinem
Unglück* sind die Summen, die ich aus den Ländern der ehe-
maligen Zentralmächte erhalte, *bloß platonische Werte.* Eine
Bank verständigte mich ganz ernst, sie hätte zu meinen
Gunsten 1083 Kronen erlegt, und ich bin bemüßigt, diesen
Betrag mit 15 Schilling zu buchen. Doch muß ich davon 4
Schilling 6 Pence für die von der Regierung bemessene Ein-
kommensteuer bezahlen. Ich habe *ein Riesenvermögen in Tausendkronennoten, doch was nützen sie mir? Gibt es keine ungarischen Industrieaktien oder Kommunalobligationen, in welche ich
meine Tausendkronennoten investieren könnte?* Was meine neu-
en Stücke betrifft, so werde ich sie binnen kurzem – Jedes
spielt in einer anderen Epoche der Geschichte der Menschheit. Der Schauplatz des ersten ist das Paradies, die Zeit des
letzten das Jahr 31 980 nach Christus. Ich zweifle, daß sich
auf der ganzen Welt ein Theaterunternehmen *mit geschäftli-
chem Sinn* findet, welches das Ganze oder auch nur ein Stück
davon zu bringen wagt – die Newyorker Vorstellungen – t
ragen mir allabendlich zweihundert Schilling ein. Bezüglich der
Wiener Vorstellungen verfüge ich noch über keine Daten,
doch teilt mir *der deutsche Übersetzer* des Stückes mit, daß es
im Burgtheater einen großen Erfolg hatte.

Gewiß wird sich nicht leicht auf der ganzen Welt ein Theaterunternehmen finden, dessen geschäftlicher Sinn an den eines Kultursa-
tirikers heranreicht, der so menschheitlich denkt, daß er den finan-
ziellen Bankrott der Feindesländer als sein eigenes Unglück emp-
findet. Herr Shaw, dessen Budapester Advokat gewiß seine Inten-
tionen erraten hat, als er der Neuen Freien Presse seinen Geschäfts-
brief zur Verfügung stellte, und der die Entwertung seiner Tau-

sendkronennoten mit den Gefühlen des hiesigen Mittelstands durchmacht, hat offenbar erwartet, daß ihm die Wiener und Budapester Theater seine Tantiemen in so viel Schillingen auszahlen werden, als er Kronen zu erhalten hat. Aber er sollte doch nicht übersehen, daß seine Werke hier nicht englisch, sondern nur in einer Übersetzung gespielt werden, die von Trebitsch ist. (Und die vielleicht von Hatvany ins Ungarische übertragen wird.) Wenn Herr Shaw ein Riesenvermögen in Tausendkronennoten hat und fragt, was sie ihm nützen, so läßt sich ihm nur der Rat geben, auf die Aufführung seiner Stücke in Sprachen, die so wenig einträglich sind, künftig zu verzichten und das schon angesammelte Riesenvermögen, welches brach liegen muß, seinen Landsleuten von der Gesellschaft der Freunde abzutreten, die sich für die Wiener Kinder interessieren, deren Unglück durch das des Herrn Shaw wesentlich gelindert werden könnte. Denn wenn schon nicht ihm, so würden doch diesen die vielen Tausendkronennoten nützen, und wie sagt doch Shaw: »Geld hat keinen Wert für den, der mehr als genug davon hat, und die Weisheit, mit der er es ausgibt, ist die einzige soziale Rechtfertigung dafür, daß man es in seinem Besitz läßt.« Wie immer aber die Frage entschieden werden möge, und wenn's denn sein muß, daß beim Weltuntergang alle Theater geöffnet sind und je mehr das Leben schwindet, umso mehr die Kunstrubrik, die gemeinste von allen, anschwillt, so soll man uns wenigstens mit den Geschäftssorgen der Literaten verschonen. Können sie sich nicht entschließen, den Weltkrieg aus einer andern Perspektive zu betrachten, so müssen sie sich eben damit abfinden, daß sein Ausgang zwar Herrn Shaw in Österreich nur Kronen abwirft, daß aber dafür die Wiener Librettisten in New-York mit Dollars aufgewogen werden. Dieser Shaw hat einmal einen Ausspruch getan, mit dem er schon zu der sittlichen Höhe der Betrachtung strebte, die er in dem Brief an seinen Budapester Advokaten erreicht hat: daß »die beste Komödie, die Oscar Wilde geschrieben hat, ›De profundis‹« sei. Sicher ist, daß ihre Kapitalisierung ihm nicht das Gemüt verdüstert hat! Ich will einen Kulturphilosophen, der von »platonischen Werten« wie ein Börseaner spricht, aber die Zahl 31 980 dennoch nur als Jahreszahl und nicht wie man auf den ersten Blick vermutet im Zusammenhang mit Tantiemen und Valuten gebraucht, nicht ausschließlich nach diesem Dokument, wiewohl es schon sein Geld wert ist, beurteilen, es ist eine lange Weile her, daß ich ein Stück von ihm gelesen habe, und ich möchte ihn nicht mit den Vertretern des Wiener Geisteslebens in einem Atem nennen, den es mir da verschlägt. Aber er scheint mit Neid zu spüren, welches Glück es ist, in einem besiegten Staat zu leben und keinen Geist zu haben. Sie erzeugen ja den einzigen Artikel, in dem Österreich nicht nur exportfähig, sondern hors concours ist, den die ganze Welt haben will und für den die besten Valuten hereinkommen: den Blödsinn.

Die Grüßer

Es häufen sich die Fälle, daß Individuen behaupten, daß sie mich »persönlich kennen« und indem sie ihr Ansehen bei den Leuten, denen sie's erzählen, zu heben suchen, das meine herabsetzen. Denn was sollen diese noch von mir halten, wenn ich jene persönlich kenne? Sie selbst würden doch, wenn's wahr wäre, allen Respekt vor mir verlieren. Weil sie diesen aber nicht haben, und es ihnen eben nur darauf ankommt, mit einem Gott seis geklagt berühmten Menschen persönlich bekannt zu sein, welchem Zweck der Fritz Werner besser entgegenkommen würde, so pflegen sie, um aller Welt und speziell ihren Begleitern den Beweis der persönlichen Bekanntschaft zu liefern, auf offener, infolgedessen von mir immer mehr gemiedener Straße in zudringlicher Weise zu grüßen, wobei meine Kurzsichtigkeit nicht als Gegenbeweis, sondern nur als Entschuldigung meiner Unhöflichkeit in Betracht kommt. Selbst solche, die mich verachten und wenn sie mir allein begegnen, wegsehen würden, grüßen vertraut, sobald noch ein Zweiter, dem sie mit solcher Legitimation aufwarten wollen, mit ihnen geht. Sie wären natürlich ganz ebenso imstande, wenn sie mich wirklich kennten, bloß zu grüßen, wenn wir uns zeugenlos begegnen, und aus Furcht vor irgendeiner sozialen Vergeltung wegzusehen, sobald einer dabei ist. Dann kommt es wieder vor, daß Leute, die mich nicht persönlich kennen, in einem Lokal, zu dessen Besuch mich das Leben zwingt, nachdem sie sich beim Kellner erkundigt haben, ob ich es wirklich sei, förmliche Purzelbäume vor mir schlagen, aber nicht etwa aus jener Verehrung, die ich verabscheue, sondern nur um sich selbst zu beweisen, daß sie mich persönlich kennen. Auch sie müssen unbedankt von hinnen ziehn. Der hauptsächlichste Grund, warum ich nicht mehr ins Theater gehe – wichtiger noch als Selbstbewahrung von schauspielerischer Impotenz und als die Furcht, am Abend vor der Arbeit schläfrig zu werden –, ist das Bedenken, mit so vielen Leuten, die ich nicht persönlich kenne, ins Theater zu gehen. Denn nicht nur, daß der Sitznachbar, feige die Gelegenheit vollkommenster Wehrlosigkeit – Sperrsitz! – erhaschend, plötzlich zu grüßen beginnt; selbst wenn er's nicht tut, glaubt jeder – und keines Wieners Phantasie reicht aus, sich die Sitznachbarschaft als Zufall vorzustellen –, der X. sei mit mir im Theater gewesen, was ihm entweder nützt oder schadet. Vor zwanzig Jahren hatte einer der wenigen anständigen Menschen der hiesigen Literatur das Pech, im Burgtheater neben mir zu sitzen; ich bat ihn, mit mir nicht zu sprechen, da die Kritik im Mittelgang es bemerken und ihm nach dem Leben trachten würde. Es geschah; denn, hieß es, der J. J. David sei »mit ihm ins Theater gegangen«. Die Wiener Personalnachricht war lange Zeit hindurch – neben Schönpflug – der tiefste Ausdruck dieses Lebens, das die falsche Perspektive des Zufalls zum Gesetz erhebt. Im Hotel zum König von Ungarn sind zum Beispiel gestern der Kommerzialrat Goldberger *und* die Gräfin Andrassy aus Budapest abgestiegen. Da bin ich vorsichtig. Muß ich einmal über die Straße, so sehe ich mich ganz genau um, wie der Mensch aussieht, neben dem ich zufällig gehe, denn die Leute zeigen mit Fingern auf einen, da können Ungenauigkeiten unterlaufen und ich will nicht, daß es immer wieder heißt, ich hätte einen Vollbart. Ein verstorbener Privatkauz, der mehr Witz hatte als ein Haufen von Wiener Librettisten, tröstete eine Dame, die sich über üble Nachrede beklagte, mit der Unabänderlichkeit dieses Wiener Verhängnisses: gehe er mit einer Frau auf der Ringstraße, so heiße es, er habe ein Verhältnis; gehe er mit einem Herrn auf der Ringstraße, so heiße es, er sei homosexuell; gehe er, um all dem zu entgehen, allein auf der Ringstraße, so heiße es, er sei ein Onanist. Aber das Letztere wird niemandem in Wien nachgesagt werden, da doch immer eine Frau oder ein Mann in der Nähe ist, »mit« denen man gesehen wird. Das Publikum verblödet von Jahr zu Jahr und weil dieser Stadt das eigentliche Lebensmittel, die Ehre, längst vor allen andern ausgegangen ist und der schäbige Rest noch ans Ausland, von dem nichts hereinkommt, weggeworfen wurde, so ist das alles möglich. Ein Gang durch sie, nämlich durch die allerwertloseste, die innere, der Anblick dieser Graben- und Galgenbrut würde mir vor Ekel die Kehle würgen. Ich arbeite, vermutlich als einziger Mensch in Wien, wie eh und je die Nacht durch, oft bis in den Vormittag hinein, schlafe bis zum Abend und sehe jahraus jahrein kaum mehr als drei, vier Menschen in dieser Stadt. Irgendwie erfahre ich aber doch, daß ich »einflußreiche Beziehungen habe«, daß ich auf der Redoute war, daß ich eine Premiere mitgemacht habe, daß ich verheiratet bin, daß ich Damen zum »Tee« lade, daß ich mit dem Müller einmal intim war und daß sich nur, weil ich ihn mal mit der Meier gesehen habe, das Blatt gewendet hat, daß mich der und jener persönlich kennt, also einen Umgang zu haben behauptet, den ich von ihm nehme. Ich muß nachdrücklich drauf aus sein, solche Zumutungen abzulehnen, weil sonst die notgedrungene Abweisung eines Verkehrs mit manchem Würdigen grausame Ungerechtigkeit wäre. Ein für allemal bitte ich zu glauben, daß mich jene schlecht kennen, die da glauben, sie kennten mich gut, und die, die's ihnen glauben, nicht besser. Es ist jede solche Angabe erstunken und erlogen und ich ermächtige jeden, jeden der sie vorbringt für einen Schwindler zu halten und ihm zu sagen, daß er mit der Fackel ausschließlich den Zusammenhang dieser einzigen Stelle habe, die sich ganz ausdrücklich auf ihn, gerade auf ihn und nur auf ihn bezieht. Damit hoffe ich dem Grüßerpack, das mit fremdem Ruhm schachert und mit einem, der mir so hassenswert dünkt wie jeder seiner Parasiten, das Handwerk gelegt zu haben. Denn wenn es eine Eigenschaft gibt, für die ich noch lange nicht berühmt genug bin, so ist es die meines Gedächtnisses, das nicht den Schatten des kleinsten Eindrucks seit meinem zweiten Lebensjahr, kein Geräusch, keinen Namen, keine Nase, keinen Schritt verloren hat und sich an jeden, den ich nicht kenne, ganz genau erinnert und ferner ebenso genau zu unterscheiden weiß zwischen solchen, die ich nicht kenne, weil ich nicht wollte, und jenen, die ich nicht kenne, weil ich nicht will.

Wien 1923

Die mit Hochspannung erwartete Generalprobe zu »*Madame Pompadour*« hat gestern abend im Carltheater stattgefunden ...Von den vielen musikalischen Schlagern wurde das Tanzduett zwischen der Massary und Ernst Tautenhayn, ein Fall, der sich bei einer Generalprobe noch niemals zugetragen hat, wiederholt. Wir *kennen* den Refrain, den sicher bald ganz Wien singen wird, unsern Lesern *nicht vorenthalten*; er lautet:

Josef, ach Josef, was bist du so keusch?
Das Küssen macht so gut wie kein Geräusch.
Ach Jojojojoiosef,
Du wunderbarer Mann,
Vor allem zieh' den Mantel aus,
Du hast ja viel zu viel noch an!

Beim Verlassen des Theaters sah man nur zufriedene und vergnügte Gesichter.

Auf jedem der einzelnen der Abglanz von Jojojojojosef. Und in allen Nachtcafés gröhlt es bereits, wenn die für »Stimmung« engagierte Mudelsaubere vortritt, die Menschheit, die einen Weltkrieg überstanden hat. Sie kennen es einander nicht vorenthalten; sie sind vergniegt. Das Küssen, ehedem bloß keine Sind mit einem schönen Kind, macht jetzt so gut wie kein Geräusch, während das Fressen, Sprechen und Sonstiges noch Geräusch macht. Und keines der in Menschenhaut eingenähten Nilpferde merkt, daß in der Gehirnjauche, aus der die Dichtung geschöpft ist, offenbar eine unlösbare Verbindung von Pompadour und Potiphar platzgegriffen hat, wodurch allerdings das erotische Moment erheblich verstärkt erscheint.

Mussolinis Bezähmung

Frau Lucy Weidt war in Rom, sie hat den Papst geschaut, »ganz in blendendem Weiß«, sie hat den Kardinal gesehen, »ganz in Rot«, sie hat den ungarischen Gesandten Grafen Somssich besucht, ganz in Weiß, und auch der österreichische Gesandte Kwiatkowski war anwesend, ganz in Schwarzgelb. Der Clou von allem aber: sie war bei Mussolini, der unt'risch ganz in Schwarz war, aber außen »eine Art Jagdkostüm von brauner Farbe mit hohen Ledergamaschen trug«. Er geht ihr mit vollendeter Höflichkeit entgegen, was umso wohltuender ist, als sich ja der Faszismus noch nicht völlig konsolidiert hat und an manchen Orten Italiens auch Frauen an ihn glauben müssen. Noch überraschender ist, daß Mussolini deutsch spricht. Er beherrscht es, denn er beherrscht alles. Selbst der Priester, der die neuvermählte Prinzessin gesegnet hat, unterließ es ja nicht, ihn als »den Mann mit den eisernen Muskeln und dem eisernen Willen« zu feiern, worauf sich Mussolini dankend verbeugte. Er ist aber nicht nur stark, sondern auch gerecht wie Breitbart, denn er belobt Polizisten, die ihn wegen Schnellfahrens aufschreiben, und die italienische Fibel ist seines Ruhmes voll wie nur ehedem die österreichische vom Ruhm des angestammten Herrscherhauses. Um aber auf Frau Weidt, die Gnade vor seinen Augen gefunden hatte, zurückzukommen. Sie erzählt, in Italien blühe es überall, nämlich in der Natur. Da kann es sich der Interviewer nicht versagen, auch seinerseits ein Scherflein von einer Blüte beizutragen:

> Duftige Rezensionsexemplare hat die erfolgreiche Interpretin Richard Wagners in Italien und im lateinischen Südamerika in das kühle Wien mitgebracht.

Natürlich aus Italien, nicht aus dem lateinischen Südamerika. Sie versucht aber auch selbst eine Schilderung zu geben.

> Bitte, urteilen Sie nicht zu streng über meine journalistische Leistung.

Schalkin, er wird schon nicht. Was hat also Mussolini zu ihr gesagt, der das Deutsche beherrscht? Wie verlief die Unterredung? Man stellt sich das mit einem Holofernes so vor, daß wenn das erste Herzklopfen vorbei ist, er die Frage stellt: »Was verschafft mir aber eigentlich das Vergnügen?«, und sie antwortet: »Man sagte mir, Menschenleben schonen Sie nie, Sie sind eine kleine Bosheit, Sie. Man sagte auch – ich kann's nicht glaub'n von so einem Herrn – daß Sie ein Judenfresser wär'n.« »Es ist nicht so arg, ich hab' nur die Gewohnheit, alles zu vernichten. Setz dich und speis mit mir.« Nicht doch, in einem Satz hat er alles, was zu sagen war, gesagt:

> Ich kenne Wien und bin entzückt von dieser Stadt. Ich habe auch einer Aufführung von Schnitzlers »Reigen« beigewohnt.

Wien kennen und nicht von dieser Stadt entzückt sein, das ist für den, der das Italienische beherrscht, soviel wie Neapel sehn und nicht sterben. Was nun Schnitzlers »Reigen« betrifft, so bedeutet er zwar keinen Eindruck, der vom Gesamtbild Wiens geradezu untrennbar wäre, aber wahrscheinlich hat Herrn Mussolini die Intervention der Wiener Faszisten bei der Aufführung angeheimelt. Auf die Frage, ob er sich nicht auch »Tristan und Isolde« einmal ansehen wolle, antwortete er – italienisch –: »Leider bin ich an diesen Tisch gefesselt.« Aber da er eiserne Muskeln hat, so würde er auch als Ausbrecherkönig seinen Mann stellen.

> Zwanzig Minuten dauerte mein Besuch. Ebenso liebenswürdig *wie der Empfang gestaltete sich die Verabschiedung.*

In Sperrdruck; wahrscheinlich, weil einen ja bei einem Mann mit eisernen Muskeln schon gar nichts wundernehmen würde. Er ist aber ganz anders. Oh, der frißt aus der Hand:

> Frau Weidt läßt auf dem Tische des Ministerpräsidenten die Veilchen des italienischen Osterfrühlings, die sie mitgebracht hat.

Das heißt, natürlich keins von den Rezensionsexemplaren, die sie in das kühle Wien mitgebracht hat, sondern solche, die sie eigens für Mussolini mitgebracht hat. Und was sagte er? Also da soll man sehn! Nein, er ist nicht so, er ist ganz anders:

> »Blumen«, sagte Mussolini galant beim Abschied, »sind das Entzückendste auf der Welt.«

Das ist von außerordentlicher Schlichtheit und wie viel steckt doch darin. Er frißt aus der Hand. Ingomar war ein unbezähmbarer

Sohn der Wildnis dagegen. Freilich gelingt das nicht jeder Parthenia; aber der wär's sogar mit Horthy gelungen. Auch er hätte sich nicht anders verabschiedet, wenn ihm Frau Weidt Veilchen geboten hätte. Da könnte traun selbst Hitler Menschliches nicht zurückdrängen. Wenn sich so mancher österreichischen Brust, der der schleichende Bolschewismus schwer auflag, der Seufzer entrang. Einen Horthy braucheten wir halt, oder einen Rinaldini, oder irgendeinen andern der Stars mit eisernen Muskeln und Hersteller der Ordnung, die die Schlamperei nicht leiden können, wenn die Toten herumliegen – so sieht man jetzt, daß unter solchem Regime auch das Wiener Herz nicht zu kurz käme.

Für Amateure

Kerr, den als den Vertreter deutschen Geistes nach England nun auch Amerika und Spanien zu sehen bekommen (als ob der Aufreizung nicht schon genug wäre), über Brandes:

> ... Im überströmenden Ruhm.
> Im sanft mordenden Endglück.
> Ecco.
> Brandes begreift; und liebt.
> Er schuf hier sein größtes Buch. Ein Wunderwerk.
> (Ich nehm's mit – und ich will *bei Genf* eine Seite feierlich darin lesen.)

Gehst denn nicht! ... Und wo der überall hinkommt! Aber was sind Worte. Man sollte nur noch mit dem Photographen arbeiten. Kerr, bei Genf irgendwo ausgestreckt, eine Seite, aber nur eine, feierlich in Brandes lesend. In Brandes! Es ist nicht gut, daß der Mensch allein sei. Meiner Seel, ich fahr' ihm nach und nehm' ihn auf. Ein Mmmausi! Pschsch, nicht stören! Jetzt –!Hat ihn schon. Ecco.

Und das lesen Tausende in Berlin, wo es gedruckt, und überall, wo es ernsthaft nachgedruckt wird, ohne in ein Gelächter auszubrechen wie Donnerhall, daß den Franzosen bange wird. Still, Mama liest Goethe. Aber das ist eine Kirmes gegen die Andacht, wenn Kerr Brandes liest.

So ein verflixtes Komma!

> ... zahlreiche Advokaten, Schriftsteller aus Bankkreisen, weiters noch die Bankiers ...

Moissi

Es dürfte wohl selten vorkommen, daß eine Sopranistin sich öffentlich ein Urteil in geistigen Angelegenheiten herausnimmt. Sie bescheidet sich in der Regel damit, von Mussolini empfangen zu werden und ihm ein Blümchen zu reichen. Dies wird dann dem Interviewer erzählt und nichts anderes. Herr Moissi hingegen teilt durch einen solchen mit, daß es die Aufgabe des Schauspielers sei, »bleibende Wahrheiten, die er als solche erkannt, von der Bühne her ins Publikum zu sprechen«. Oder was beißt mich da; gute Rollen werden's auch tun. »Die moderne Literatur, die von Wedekind abstamme, habe ihn nicht erwärmen können.« Jenen schätze er nicht sehr.

> Diese Überschätzung Wedekinds sei aber auch nur in Deutschland zu beobachten: in Italien sowohl als auch in Frankreich *lachen die Leute über ihn.* Moissi hat die humoristische Wirkung des »Erdgeist« bei einer Vorlesung in Paris (1913) und einer Aufführung in Genua (1922) selbst erlebt.

Kein Wunder, und wenn Wedekind, der keine Moissi-Rolle hat, in Deutschland von italienischen Tenoren gespielt würde, würden die Leute auch lachen, was sie ja mit der Zeit auch vor Dichtern, die Herr Moissi schätzt und spielt, lernen werden. Vorläufig nehmen sie noch Andachtsübungen vor.

> »Der einzige Dichter, den ich heute sehe, ist Richard Beer-Hofmann. Da ringt einer mit seinem Gott, und sein Werk wird aus *Marterqual geboren* ... Der andere Österreicher, der mir etwas gab, ist Hofmannsthal, der Dichter des ›Jedermann‹.«

Der ringt bekanntlich auch mit seinem Gott, aber in allen diesen Fällen ist es eine partie remis. Und was ist's mit Werfel, mit dem Herr Moissi doch Manifeste unterfertigt hat? Und Ehrenstein ist ein Hund? mecht' ma sprechen. Da ist keine Marterqual? Da wird vielleicht nicht mit Gott gerungen? gehadert, daß die Fetzen fliegen? Und hier schieden die Gegner sogar unversöhnt! Was aber Moissi anlangt, so beherzige er das Wort: Singe, Künstler, rede nicht. Nur keine Urteile über Literatur! Ob Herr Moissi Shakespeare, Tolstoi oder Beer-Hofmann spielt, das ist gespielt wie gesungen; denn immer ist es die Traviata. Wenn's auf mich ankäme, ich wäre sogar bereit, als Zwirn im Lumpazivagabundus aufzutreten, wenn Herr Moissi fürs Quodlibet sich zur Kamilla Palpiti entschließt, jener, die questo Mopperl verloren hat und von der es heißt:

> Welch ein Reiz in ihren Tönen,
> Tränen selbst sie noch verschönen,
> Neu entflammt der Liebe Glut

und auf dem Höhepunkt würde ich von Herzen mit der Schere die Koloratur abschneiden, denn

> Ch' esprimere non so non so
> Non so non so non so non so non so.

Aus dem Neandertal

Eine arbeitslose, ungefähr vierzigjährige Frau reichte um die Arbeitslosenunterstützung ein. Der mit den Erhebungen betraute Gendarm verlangte von der Frau – nach ihrer und ihrer dreizehnjährigen Tochter gerichtssaalmäßigen Aussage – die geschlechtliche Hingabe und versprach ihr, daß sie in diesem Falle sehr rasch die Arbeitslosenunterstützung bekommen werde. Daraufhin warf die Frau den Gendarmen mit Entrüstung hinaus und erhielt auch weiterhin keine Arbeitslosenunterstützung. Auf eine neuerliche Reklamation erschien ein zweiter Gendarm bei der Frau, dem sie das Erlebnis mit dem ersten Gendarmen erzählte. Es wurde ein Protokoll aufgenommen und der Gendarm klagte daraufhin die Frau wegen Ehrenbeleidigung. Das Gericht (im Land Salzburg) schenkte den Aussagen der Frau und ihrer dreizehnjährigen Tochter keinen Glauben und verurteilte sie mit folgender Begründung:

1. Der Frau ist schon deshalb kein Glauben zu schenken, weil der Gendarm, ein fünfundzwanzigjähriger Mann, *wenn er an eine vierzigjährige Frau* ein derartiges Verlangen stellen sollte, *abnormal sein müßte.*

2. Wenn er aber abnormal wäre, müßte diese Tatsache seiner Dienststelle und der Öffentlichkeit bekannt sein.

3. Davon ist aber der Dienststelle *nichts* bekannt, *daher* ist der Mann auch *nicht abnormal* und *kann daher* auch ein derartiges Begehren an eine vierzigjährige Frau *gar nicht gestellt haben.*

Ein Hakenkreuzlerplakat

warnte:

Arische Mädchen!
Von dem Tage an, da ihr diesen Lüstlingen verfällt, seid ihr
für euer deutsches Volk verloren.

Was die deutsche Sitte betrifft. In den Belangen der deutschen
Sprache dürften sie kaum mehr zu verderben sein.

Sehnsucht eines Schweidnitzers, mit seinen Gedanken allein zu sein

Ein Reisezufall läßt der konservativen ›Schlesischen Zeitung‹, einem hochbetagten Mistblatt, bei dem Dummheit und Stolz auf einem Holzpapier wachsen, das Folgende entnehmen:

Der »Deutsche Tag« in Nürnberg.
Von Lukassowitz, Mitg. d. Preuß. Landtages, Schweidnitz.

Sonnabend, den 1. September.

Die Stadt Nürnberg prangt im Festschmuck. Schwarz-weiß-rote, blau-weiße und rot-weiße Fahnen wehen in Massen über den Straßen. – Besonderen Jubel löste die Ankunft der 16 Fahnen der alten Armee aus dem Armeemuseum in München aus. – Die Festrede hielt General Ludendorff, mit stürmischen Heilrufen und nicht endenwollendem Händeklatschen begrüßt. Seine wuchtigen Ausführungen endeten mit den Worten: »Vorwärts in Gottvertrauen zum Kampf für unsere heiligsten Güter!« Die Rede des Heerführers wurde oft durch starken Beifall unterbrochen und fand am Schluß stärksten Applaus in langanhaltenden tausendstimmigen Heilrufen. Das Deutschlandlied brachte den würdigsten Abschluß der Festrede Ludendorffs. Nach einer Reihe von Begrüßungsansprachen ergriff General Ludendorff noch einmal das Wort, um den Festteilnehmern die Grüße des Feldmarschalls von Hindenburg zu überbringen, der am persönlichen Erscheinen verhindert war. General Ludendorff verkündet mit markanter Stimme das Motto des Marschalls für den Deutschen Tag: »Nichtswürdig ist die Nation, die nicht ihr Alles freudig setzt an ihre Ehre.« –

– Tiefen Eindruck machte auf mich die Ansprache des früheren bayerischen Justizministers Dr. Roth, der in den zahlreich ausgehängten schwarz-weiß-roten Fahnen ein starkes Erwachen des nationalen und völkischen Gedankens sieht, –

Sonntag, den 2. September.

Die Uhr zeigt gegen 5 1/2 Uhr morgens, als ich erwache. Reges Leben herrscht bereits auf den Straßen! Die Jung – und Altmannen strömen aus ihren Quartieren zusammen und formieren sich zu Zügen und Kompagnien. – In Hast und Eile strebe ich der Menschenmenge nach, um nicht zu spät zu kommen. Stöße und Püffe in Menge, doch sie sind nicht bös gemeint! – Der Gottesdienst beginnt. Der Gesang des deutschen Notschreies, eine Umdichtung des Niederländischen Dankgebetes ertönt aus hunderttausenden von Kehlen. Nachdem er beendet ist, ergreift Studienrat Dr. Braun aus Nürnberg das Wort zu einer tiefergreifenden Festrede, glänzend in Form und Inhalt »Herr, mach uns frei!« ist sein Schlußwort. Die Menge singt das Lied »Ich hatt' einen Kameraden«. Vielen stehen die Tränen in den Augen. Zu groß und zu gewaltig ist der Eindruck! – »Kann Dir die Hand nicht geben, bleib Du im ew'gen Leben mein guter Kamerad!« – Der Schlußakkord verklingt. Die Andacht ist vorbereitet für den zweiten Redner, den katholischen Geistlichen Kaplan Roth, einen Führer in der deutschnationalen und völkischen Bewegung. Der Redner vergleicht die heutige Zeit mit einem Vulkan, auf dem das deutsche Volk wohne und der mit dumpfem Grollen neue Gefahren verkünde. Die völkische Frage sei brennend geworden und lasse sich nicht mehr hinausschieben. Christliche Nächstenliebe sei nicht dazu da, daß wir dabei zugrunde gingen –

Neue Scharen strömten herbei. Tausende und aber Tausende von Männern und Frauen und Kindern bildeten Spalier auf den Straßen und füllten als Neugierige die Fenster. Überall Festesstimmung und Begeisterung. Mädchen und Frauen an den Fenstern und auf den Straßen hielten Körbchen mit Blumen, um damit die Helden des Tages zu überschütten. Die Ungeduld steigerte sich von Minute zu Minute. Wann werden sie nur kommen, hörte man überall fragen. Musik klingt in der Ferne. Und schon werden die mit Blumen, Fahnen und Wimpeln geschmückten Autos mit den Ehrengästen sichtbar, die dem Zuge voraus zum Hauptmarkt fuhren, wo die Aufstellung der Ehrengäste zur Abnahme der großen Heerschau vorbereitet war. Ich sah u. a. Ludendorff und den Kronprinzen Rupprecht nebst dem bayerischen Erbprinzen, Hitler, von Bothmer, von Hutier usw. Sie alle wurden mit Blumen überschüttet, der Jubel und die Freude wollten kein Ende nehmen. Den eigentlichen Zug leiteten starke Abteilungen der in Galauniform erschienenen Landespolizei ein. Dann folgten die Vertretungen des Deutschen Offiziersbundes, die Abordnungen der Kriegervereine, darunter auch die Regimentsoffiziere bis zum General hinauf, hierauf die zum Befreiungskampf entschlossenen Mannen. Weiterhin die Studentenverbindungen aus München, Erlangen, Würzburg usw. in vollem Wichs, dann folgten die nationalen Verbände: Reichsflagge, Frankenland, Wiking, Blücher, Bayern und Reich, Ober- und Unterland, Nationalsozialisten und andere. –

– In der Festhalle im Luitpoldhain sprachen Kronprinz Rupprecht, Ludendorff und Admiral Scheer vor etwa 100- bis 150tausend Menschen. Die Begeisterung läßt sich nicht schildern, die »Heil«-Rufe wollen nicht enden! Auf einmal große Bewegung. Es kommt wieder Leben in die Massen. Hitler besteigt das Rednerpult, stürmisch und unaufhaltsam von Hunderttausenden begrüßt. Er spricht von deutscher Kraft und Einigkeit. Unvergeßlich ist mir ein Satz aus seiner Rede: »Jeder müsse entschlossen sein, dem anderen das Gesetz der Vaterlandsliebe aufzuzwingen !«–

– Ein beträchtlicher Teil der Festteilnehmer aber wanderte in langen Zügen zur Burg hinauf, um noch die Beleuchtung der Burg mitzumachen. Majestätisch ragte dieses deutsche Wahrzeichen in hellem Feuerschein empor, mahnend und warnend zugleich. »Deutschland, Deutschland über alles«, so sangen Hunderttausende in die Nacht hinein. Sie schickten ihren Treuschwur zum Himmel in der festen Hoffnung, daß unser guter alter Gott uns bald aus dem Sklavenjoch befreien möge! Still und ernst schritt ich durch die engen Gassen der alten, schönen Stadt nach meinem Heim. Gedanken und Vorsätze stürmten auf mich ein, gern wollte ich in der kühlen Abendluft allein mit meinen Gedanken sein, als mich eine Hand auf die Schulter klopfte. Es war ein schlesischer Landsmann, der wie ich eigens nach Nürnberg gereist war, um sich an Großem und Hehrem wieder aufzurichten. Erleben muß man es, sagte er, und dann, als wenn er meine geheimsten Gedanken erraten hätte, sagte er nachdenklich : »Wenn werden wir bei uns in Preußen so weit sein?« Wir drückten uns stumm die Hände. Es war der stille Schwur zur Arbeit fürs Vaterland! Ehe wir uns trennten, erzählte er mir noch eine selbsterlebte Begebenheit von der Feier der »Reichsflagge« im Kulturverein Nürnberg. Dort überreichte der Vorsitzende des Kulturvereins dem General Ludendorff im Namen der Bevölkerung Nürnbergs einen herrlichen Blumenstrauß mit der Versicherung, daß man die Nichtbeflaggung der städtischen Gebäude anläßlich des Deutschen Tages niemals vergessen werde. Auch die Umbenennung des Hindenburg-Platzes in Rathenau-Platz werde unvergessen bleiben.

Montag, den 3. September.

Früh 9 Uhr wanderte ich durch die Straßen Nürnbergs, Feiertagsstimmung und Begeisterung überall. Deutsche Männer, Frauen und Jünglinge drücken sich die Hände und sprechen: »Es war ein großer, deutscher Tag, die Wirkung bleibt nicht aus. Es wird und muß bald Frühling im deutschen Vaterlande werden!«

Kurzum, eine ganze deutsche Welt oder als deren Ersatz das traute deutsche Wort: die Mentalität. Hindenburg dürfte immerhin wissen, daß sein Motto: Nichtswürdig u. s. w. von Schiller ist. (Ich hatte noch in Aug und Ohr die wirklich nationaufwirbelnde Kopie des noch immer nicht nach Nürnberg berufenen Herrn Reimers, mit der mich ein Berliner Schauspieler hingerissen hatte: Nöchtswördich ist – an ihre Ehra! In diesem Abgang schienen hundert benagelte Hindenburge durchzubrechen.) Was Ludendorff anbelangt, so dürfte er, wenn man ihn schüttelt, auf die Frage, ob er mit einem der neun Worte: »Vorwärts in Gottvertrauen zum Kampf für unsere heiligsten Güter!« eine konkrete Vorstellung verbindet, keine Antwort geben können. Der einzige Hitler mag in dem Vorschlag, dem anderen das Gesetz der Vaterlandsliebe aufzuzwingen, etwas Gegenständiges empfinden und wissen, wie man es anstellt. Er meint natürlich den Gummiknüttel, mit dem einem die Vaterlandsliebe beizubringen ist und der die einzige deutsche Realität bedeutet, welche die zum Befreiungskampf entschlossenen Mannen, und zwar sowohl die Jung- als die Altmannen, vor sich sehen. In dieser romantischen Welt, die heute selbst ohne Technik, ohne Reparationszahlungen, bloß mit Maul und Überschwung es mit den feindlichen Fliegergeschossen aufnehmen will, ist er Waffe und Wirklichkeit. Um diese Sphäre kreisten die geheimsten Gedanken des Schweidnitzers, die auf ihn eingestürmt waren, mit denen er hierauf in der kühlen Abendluft allein sein wollte und die von dem gleichgestimmten Landsmann erraten wurden.

Einen Einser in Sitten

verdient nach einem ihrer letzten Communiqués zweifellos die Polizeidirektion,

deren Streben, den Interessen der Bevölkerung zu dienen, im Publikum und bei der führenden Tagespresse bisher stets gewürdigt wurde.

War einmal die Neue Freie Presse streng und tat sie der braven Sittenpolizei Unrecht, indem sie sie fälschlich eines geradezu ungeheuerlichen »Mißgriffs« beschuldigte, so erhielt die Fackel eine Berichtigung. Aber diese vermag das Streben durchaus nicht zu würdigen, weil sie, selbst wenn der Sittenpolizei nicht der geringste Mißgriff passiert, auch mit dem Griff nicht einverstanden ist, ja schon nicht damit, daß es eine Sittenpolizei gibt. Denn was gehen die Polizei unsere Sitten an? Auch wenn sie noch so eindringlich versichert, daß sie in diesem Punkt nur um unsere Gesundheit besorgt sei, so stellt sich, wie ein Halbweltblatt mit sensationeller Absicht, aber sachlicher Berechtigung entdeckt hat, leider heraus, daß der Punkt, nämlich der, aus dem zwar alles zu kurieren ist, wenngleich auch alles zu infizieren, uns noch immer hieramts als »schwarzer Punkt« angemerkt wird. Aber das wünschen wir nicht mehr. Von erfolgreichen Razzien, Rekognoszierungen von Chambres séparées, Ausräucherung von Liebesnestern und dergleichen strategischen Notwendigkeiten, die keine sind, wollen wir nicht mehr hören und bitten den kultivierten Mann, in dessen Namen sich das alles begibt und der doch in Genua mit Europäern zusammengekommen ist und dort, sowohl in den Kreisen der Diplomatie wie in deren Umgang, »gewerbsmäßige Unzucht« in Fülle geschaut hat, dafür zu sorgen, daß dieser Begriff aus dem Vorstellungsleben der Wiener Polizeidirektion definitiv verschwinde. Ich möchte ihn überhaupt nur noch zur Kennzeichnung der führenden Tagespresse, die das Streben der Polizeidirektion würdigt, gelten lassen. Es ist ja ganz gewiß wahr, daß die Kuppelei »ein in die strafgerichtliche Kompetenz fallendes Delikt« ist, aber abgesehen davon, daß es tagtäglich von der führenden Tagespresse begangen wird – wenn die Behörde wegen jeder strafbaren Handlung einschreiten wollte,

wie viel hätte sie allein wegen des täglich verhöhnten § 26 des Preß-
gesetzes zu tun, der noch dazu erst erschaffen wurde, während die
Sittlichkeitsparagraphen ein alter Trödel sind, den zu strapazieren
jedem Kriminalisten eben die Schamröte ins Gesicht treiben müßte,
die sich ihm leider noch immer vor dem Naturereignis des Ge-
schlechtsverkehrs einstellt. Es ist doch wirklich kaum erträglich,
zwar keinen Kaiser zu haben, aber in Fragen des allerpersönlichsten
Lebens auf das Gutdünken einer Obrigkeit angewiesen zu sein, also
einen Umsturz erlebt zu haben, von dem alles, nur nicht jene Sitten-
kommission berührt sein soll, durch deren Medium sich der weiland Kaiser Franz für unsere Privatangelegenheiten interessiert. Wir
verdanken diesem Umsturz und meiner Nachhilfe immerhin die
Ausmerzung des lieblichen Wortes »Frauensperson« aus dem Wör-
terbuch der Moralbureaukratie und möchten nun auch den Eifer,
mit dem sie der Sache anhängt wie eh und je, entbehren. Dagegen
bliebe der Sicherheitsbehörde, die vielleicht in keiner Epoche not-
wendiger war als in dieser, ein weites Betätigungsfeld, wenn sie,
abgesehen von dem populären und zumal seit der Heldenzeit in
Ehren gehaltenen Delikt des Diebstahls, einem noch immer zeitge-
mäßen Strafparagraphen, nämlich dem gegen Mord, ihre aus-
schließliche Aufmerksamkeit und womöglich die präventive
Obsorge zuwenden und überzeugt sein wollte, daß die Freuden-
mädchen im Allgemeinen nicht gefährlicher sind als die Hakenkreuzler. Was die Preßfreiheit anlangt, der jetzt gern mittels eines
auch schon zweifelhaften Paragraphen die Grenze vor der »Herab-
würdigung« der behördlichen Autorität gesetzt wird, so dürfte es
der Polizeidirektion hinlänglich bekannt sein, daß ich sie, nämlich
die Preßfreiheit, vom Gesichtspunkt einer Kulturgesetzgebung als
ganze verneine und wünschen würde, die Machtmittel des Staates
täglich in hundert Fällen aufgeboten zu sehen, die uns – meist als
analoger Eingriff in die Freiheitsrechte des Privatmenschentums –
ein Greuel und eine Qual sind. Wird sie ausnahmsweise zum
Schutz dieser Lebensgüter in Anspruch genommen, so schütze ich
sie. Vollends aber will sich mir die Urbanität und Weltgewandtheit
eines Mannes, der während des Kriegs den Zumutungen der Men-
schenmaterialverwalter ehrenhaften und besonnenen Widerstand
geleistet hat, nicht mit einem moralischen Dunstkreis verbinden, in
dem es noch immer »schwarze Punkte« gibt, ein kaum zu verber-
gendes Behagen an der Möglichkeit des »Abschiebens« zum Aus-

druck kommt, untersucht wird, ob in einem Hotel Mädchen mit ihren »ständigen Freunden« einkehren oder mit »neuen Freunden«, die Trinkgelder, die der Portier erhielt, communiquéfähig sind und mit gehaltenem Pathos die Tatsache vermerkt wird, daß eine Artistin 800 Kronen Monatsgage hatte, »während ihr Budget sechs Millionen betrug«. Man denke. Aber sonst sind wir saniert und das Selbstgefühl eines Staates ist gesund, dessen Hofräte bloß den Weg über den Schottenring machen müssen, um ein Einkommen, mit dem sie nicht auskommen konnten, zu vergrößern, und dessen Oberfinanzräte in Massen von den Bankdirektoren, die sie zu besteuern hatten, »übernommen« werden, da es ja erfahrungsgemäß den Wächtern bei den Räubern noch besser geht als den Räubern bei den Wächtern. Doch wenn unter aller Prostitution – und verpönt ist nach wie vor nur die des Geschlechts und erlaubt ist, was nicht gefällt – der Fall der armen Artistin der ungefährlichste und der honorigste ist: welche vom sittenpolizeilichen Standpunkt anfechtbaren Möglichkeiten böte nicht jedes Gelage der Hautefinance, an dem teilzunehmen die Welt der Würde für eine Ehre hält? Und welches Sittenbild bietet das Leben einer führenden Tagespresse, von der gewürdigt zu werden, sie den offen einbekannten Ehrgeiz hat!

Einstellung und Impuls
oder
Wie macht man das?

Das Wesen der »Schule der Weisheit« in Darmstadt dürfte sich darin ausdrücken, daß es sehr schwer ist zu erfahren, welche dort gelehrt wird, noch schwerer vielleicht, als das Wesen der Anthroposophie nebst Dreigliederung zu erfassen. Als ein bahnbrechender Propagator dieser Schwierigkeit wirkt jener Prinz Rohan, der dem Umstand, daß er ein Prinz ist, einen großen literarischen Anhang verdankt, und durch den Umstand, daß er diesen hat, als Prinz auffällt. In den Kreisen der Kultur hat ihm seine gesellschaftliche Herkunft mindestens so große Beachtung verschafft wie in den Kreisen des Jockeiklubs der Entschluß, sich statt diesem einem Kulturbund zuzuwenden. Er verbreitet nun die Lehre Keyserlings und ich glaube schon klar gemacht zu haben, daß er deren Bedeutung vor allem in einer »Einstellung« erkennt, die, wenn man auch nicht erfährt, worauf man sich einzustellen habe, doch grundlegend sein muß, und in einer »Auswirkung«, die, wenn man einmal auf sie eingestellt ist, sich von selbst ergibt, wozu freilich auch ein »Impuls« gehört, der sehr heftig sein muß, wenn man auch nicht weiß, worauf er gerichtet ist. Näheres teilt jetzt der Prinz Rohan im Neuen Wiener Journal mit, das sich überhaupt vieler hocharistokratischen Originalmitarbeiter erfreut, während die bürgerlichen Beiträge, mit Ausnahme von Bahrs Tagebüchern, ausgeschnitten werden. Rohan erläutert:

> Als ich vor zwei Jahren zum erstenmal zu Keyserling kam, fragte ich aus der Einstellung des Gymnasiums und der Hochschule heraus nach der Definition von »Sinn«. – »Denken Sie darüber nach, Sie müssen es selbst finden, ich darf es Ihnen nicht sagen.« – Darauf gab es nur ein Kreditgewähren und diesem Anrufe gehorchen oder den ganzen Keyserling als lächerliche Erscheinung abtun.

Er zog jenes vor.

> Heute weiß ich, daß dieses »Nichtdefinierendürfen« tatsächlich aus bewußtem, höchstem kosmischen Ethos kommt, das

sein Wesen überall dort beherrscht, wo er ex kathedra als Berufener wirkt.

Was ist das nun für ein Ethos? Ein kosmisches, kein komisches also:

> Jede wirkliche Größe hat irgendwo eine lächerliche Seite, nur Mittelmäßigkeit ist »seriös«, ihr fehlt auch der überlegene Humor, mit dem Größe ihre Lächerlichkeit bejaht. Im heutigen Europa gibt es keine Erscheinung, die von außen gesehen in so hohem Grade lächerlich wäre, wie die Schule der Weisheit.

Der Schein trügt, nicht die Schule der Weisheit.

> Wer aber zentral von ihrem Impulse getroffen wird, der weiß, daß höchster sittlicher Ernst, stärkste Verantwortlichkeit und äußerster Heroismus notwendig sind, um sich zu tiefst aufrichtig ohne Selbstbelügung als ganzer Mensch zu Darmstadt bekennen zu dürfen. Denn Darmstadt spannt zum Äußersten und fordert von jedem das Höchste – und das ist unbequem.

Ich bin bereit. Also was ist das für ein Impuls?

> Mit welchem Impetus der Impuls wirkt, konnte man am Einleitungsvortrag Keyserlings feststellen. Er sagte meritorisch das gleiche wie zum Schlusse der vorjährigen Tagung.

Was sagte er damals?

> Damals vor einem Jahre schlug ein Blitz in uns ein und wir erschauerten vor der Neuigkeit der Perspektive. Diesmal war uns dasselbe selbstverständlich geworden, eben weil wir in die Perspektive bereits hineingewachsen waren.

Bitt, ich möcht auch! Was für eine Perspektive ist das also?

> Was in den zehn Vorträgen der Tagung gesagt wurde, soll unerwähnt bleiben, denn im Sinne der Schule der Weisheit ist Sachliches nur Mittel und nicht Zweck, denn nach Keyserling »komme es keineswegs auf das Weltalphabet, sondern nur auf den Sinn an, den jener ausdrückt«.

Wer? Welchen Sinn?

Ebenso wie Keyserling die Welt nicht definiert, sondern schaut, ebenso wie er Menschen nicht erkennt, sondern intuiert, ebenso erklügelt er seine Tagungen nicht, sondern komponiert sie. Aus dem Kosmos holt er mit halsbrecherischem Wagemut – trotz aller scheinbaren Dämonie stets Prometheus und nicht Luzifer – den großen zeitlosen Aspekt, schleudert ihn im ersten Vortrage in die Geschichte, läßt ihn von seinem Orchesterpolyphon variieren und reißt Orchester und Zuhörer in seinem Schlußwort wieder aus der kausalen Zeitlichkeit in die freie Ewigkeit des Unendlichen empor. Er kann es, weil seine Philosophie Komposition in Welttönen ist, er kann es, weil er nicht nur Komponist, sondern auch Dirigent, sein Konzert bewußt magisch zum Zusammenklang hin abtönt und er kann es, weil er von sich das Höchste verlangend die höchste Anforderung an seine Vortragenden stellt und dadurch höchste Leistung erzwingt.

Mit einem Wort, als ob er Gustav Mahler wäre. Aber wie macht er das? Man erinnert sich, Rohan hat uns schon einmal Wunderdinge von dem »Geistesdirigenten« erzählt und als kontrapunktische Höchstleistung die Zusammenstellung eines Majors und eines Rabbiners, also die Paarung des Strengen und des Zartesten was es gibt, gepriesen. Diesmal stellte man sich in Darmstadt auf einen mohammedanischen Indier ein, hinter dem, wie Rohan sagt, »der heiße Atem der Wüste stand«, und außerdem gab es ein Duett zwischen einem Pastor und einem Katholiken:

> In dieser scharfen Antithese, zwischen Protestantismus und Katholizismus kam am schärfsten der Winkel zum Ausdruck, den Keyserling allein in seinen Tagungen meint, der allein das Symbol für die Schule der Weisheit ist, jener offene Winkel, der Dogmenbildung a priori ausschließt, hingegen jene Einstellung gibt, aus der allein bewußt betonte Einseitigkeit des empirischen Ichs zu ökumenischer Weltweite finden kann.

Rohan ist ein Denker. »Ökumenisch« macht sich hier sehr gut, zumal wenn »empirisch« a priori steht. Aber die Leser des Neuen Wiener Journals, die von Husserl verwöhnt sind – nicht von dem Philosophen, sondern von dem gleichnamigen Schlafwagenkondukteur, dessen Erinnerungen an Klarheit nichts zu wünschen übrig lassen –, möchten sich endlich in dem offenen Darmstädter Winkel zurechtfinden. Da, endlich, das »dritte Ereignis«: Artur Zickler, und in dem ist

> die gesamte Sehnsucht der heraufkommenden europäischen Jungführer verkörpert, die dem Geiste nach Faszisten sind. ... Ohne rationalistisch zu Ende definiertes Programm, ebenso wie der italienische Faszismus wissen sie genau, worauf es ankommt, sie glauben an den Geist, zu dem sie sich bekennen, und glauben daher, daß sie zu jedem Problem das rechte Wort finden werden, wenn die Zeit es von ihnen fordert. ... Zickler war wohl für die meisten, die den Mut »zum Heute« haben und an der Gestaltung der Welt von morgen mitschaffen wollen, das tiefste Erlebnis der Tagung. Hinter ihm stand die Welt, wie wir sie sehen, in ihm lebten alle großen Probleme auf, an denen wir leiden. Er ist der erste deutsche Faszist, den ich gesehen, er ist Führernatur durch und durch und hat Fähigkeit, Mut und Wille, die Dinge in seinem Sinn zu gestalten. Möge das Deutschtum ihn bald als einen der ganz wenigen großen Führernaturen erkennen, die es heute besitzt.

Und Hitler ist ein Hund? Rohan schließt:

> Voriges Jahr konnte ich aus tiefstem Gewissen sagen, daß die Schule der Weisheit durch keinen Spott mehr verwundbar feststehe. Heute kann mehr gesagt werden: sie erfüllt ihre wesentliche Aufgabe so intensiv und ganz, daß sie sie bald vollendet. ...

Also welche?

> Ist ein kosmischer Impuls richtig gesetzt, so finden sich die paar Menschen, auf die es ankommt und die nunmehr den Impuls in der Wirklichkeit auswirken. Sie müssen sich aber dem Anruf des Ewigen stellen

Das ist die Bedingung.

> – und deshalb fordert Darmstadt höchste Verantwortlichkeit, tiefsten sittlichen Ernst und äußersten Heroismus.

So, jetzt wissen wir's.

Der Berliner in Wien

ist, nach Keyserling, sofort auf das Wesentliche »eingestellt«. Nichts entgeht ihm und in dem Passanten mit schwarzem Schnurrbart entdeckt er auf den ersten Kennerblick Johann Strauß, während einer, der dieser Zier entbehrt, offenbar Girardi ist. Tot oder lebend, der typische Wiener wird agnosziert. Mit solchem Scharfblick hat Obertäng uns heimgesucht und nun überprüfte uns sein Chef, Herr Theodor Wolff, der sich persönlich überzeugen wollte, daß der Wiener nicht untergegangen ist, sondern sich weiter als Phäake fortbringt, was sich auf dem Hintergrunde der deutschen Not auch so gehört. Das Wiener Paradies ist jetzt als Gegenstück zur Berliner Hölle ein vielbegehrter Artikel, den zu schreiben sich kein deutscher Publizist entgehen läßt und in dem nur die aus der Sintflut geretteten Waschermadaln (auch –madroln), die ehedem auf der Ringstraße vor den Berlinern defilierten, auffallender Weise fehlen. Aber sonst ist alles da, nich so wie bei arme Leute, die noch nicht saniert sind. Herr Wolff stellt also fest:

> Wenn wir, von allen Stürmen gepeitscht und von dem Pariser Poseidon geschunden, nach Wien kommen, so ist das beinahe, als ob der hin und her geworfene Odysseus die Insel der Phäaken betritt. Hier lächeln nicht nur Nausikaa

(offenbar die Jeritza gemeint)

> und die schön gelockten Töchter des Landes

(aha, also doch die Waschermadroln)

> sondern das ganze Leben lächelt hier schon wieder in angenehmster Behaglichkeit. Wie im Hause des Phäakenkönigs

(offenbar Seipel)

> werden die Kälber und Rinder reihenweise geschlachtet

(die goldenen von Seipel, die andern von mir)

> und da man die Berliner Theaterleute gleichfalls reihenweise auf der Ringstraße sehen kann, müssen hier, wie auf jenem glücklichen Eiland, Gesang und andere Künste ganz besonders blühen.

Schönes Phäakentum, wo sich nicht nur mit Hilfe des ausländischen Kredits am Herde der Spieß, sondern auch zum Berliner Gesang der Spießer dreht. Eitel Frohsinn begegnet Herrn Wolff auf der Ringstraße.

> Die Bettler und Kriegsinvaliden dagegen, die noch vor nicht langer Zeit die abgemagerten Arme ausstreckten, sind aus dem wundervollen Bilde dieser Stadt gleichsam hinweggelöscht.

Vermutlich sind sie, damit das Bild nicht gestört werde, verhungert.

> Eine Neid erweckende Stadtverwaltung ordnet ihre Finanzen –

nicht die der Bettler und Kriegsinvaliden, die offenbar von der Bundesverwaltung saniert wurden. Und nun kommt der Fremdling auf das Wiener Papperl und speziell auf die dazugehörigen Erzherzoge zu sprechen, die es ihm seit jeher angetan haben.

> In jenen berühmten alten, verqualmten Beiseln, in denen früher auch die Erzherzoge und Aristokraten sich zum Volke gesellten,

(was Herr Theodor Wolff noch vor sich sieht, als obs heut wär', Gott wo sind die Zeiten)

> kann man nur durch Gunst und Freundschaft an einer Tischecke Platz finden, und

(muß Wolff heute zwischen Volk Platz nehmen oder wer gesellt sich jetzt zu diesem?)

> nicht nur Schieber und neue Reiche, sondern die wirklichen Wiener Bürger und Bürgersfrauen verzehren dort Schnitzel, so groß wie Bettdecken, und Berge von Kaiserschmarrn, während ein prächtiges Bier in hohen Gläsern vor ihnen steht.

Kein Zweifel, Wolff ist ins Schlaraffenland geraten. Die Wiener Bürgersfrauen decken sich mit Schnitzeln zu, die Bürger entschädigen sich für die Leiden der Republik durch Berge von Kaiserschmarrn.

Und der Genuß ist ungetrübt, weil sogar anständige Menschen hier nicht mehr bei jedem Bissen daran zu denken brauchen, daß aus dem Hintergrund Millionen mit kranken Augen herüberstieren und in außergewöhnlichem Elend ein Teil des Volkes an Hunger und Entkräftung stirbt ...

Da also dieser Teil der Bevölkerung bereits gestorben ist, so müssen die anständigen Menschen nicht mehr daran denken, sondern können mit einem de mortuis nil nisi bene weitere Schnitzel und Kaiserschmarrn, Bettdecken und Berge bestellen. Schn S', so heiter is das Leben bei uns in Wien, wenn der Berliner nachschauen kommt!

Spiel der Wellen

Die Saison ist da, in welcher – man achte genau darauf und melde mir diesbezügliche Wahrnehmungen – am Strand der Nordsee lagernd Kammergerichtsanwalt Wolf Krotoschiner II zu Kommerzienrat Katzenellenbogen, wenn sie sich entschließen, ins Wasser zu gehen, diesen Entschluß wie folgt mit einem Beispiel angewandter Kunst äußern wird: »Auf in den Kampf Torrero!«, worauf der Mitkämpfer, keineswegs verlegen, erwidern dürfte. »Wer wagt es, Rittersmann oder Knapp'?«, was wieder der andere mit dem beherzten Ausruf parieren wird: »Mut zeiget auch der Mameluk!«, welchen Gedanken er gelegentlich noch, scherzando, mit der kleinen Abweichung verzieren könnte: »Mut zeiget auch der lahme Muck!« Liegt Frau Krotoschiner (Marga) daneben, so dürfte der Gatte, nicht abhold dem Unternehmen mit ihr zu baden, die Worte sprechen: »Erhebe dich, Genossin meiner Schmach!« Wobei aber festzustellen ist, daß inzwischen bereits Rechtsanwalt Sally Seligsohn I Anlaß hatte, ihr die Worte zuzuflüstern: »O Königin, das Leben ist doch schön!« (Hier wäre ein Kapitel von der erotischen Scherzhaftigkeit der besitzenden Klasse einzuschalten. Ihre Gedanken, soweit sie nicht vom geschäftlichen Leben abgelenkt sind, kreisen um den Ehebruch und wo sie ihn nicht begehen, treiben sie doch Spott mit ihm, drohen einander, oft gleichzeitig, mit dem Finger: »Das ist einer [eine], aber ich werde ihn [sie] schon erwischen!«; und immer behauptet sie [er], daß er [sie] es dick hinter den Ohren habe, aber sie [er] glaubts natürlich nicht, auch wenn es der Fall ist. Das Strohwitwertum ist ein Motiv tollster Ausgelassenheit: »Bitt Sie, geben Sie mir acht auf meinen Mann, letzten Sommer – also man weiß schon!«, »No ja, wenn man einen so feschen Mann hat – *ich* würde da *nicht* auf die Länder gehen!«; und es schwirrt nur so von Göttergatten. Der Unterschied zwischen Berlin und Wien besteht darin, daß sie dort ganze Sätze sprechen, Fertigware, die auch exportfähig ist, ohne die grauslichen Voraussetzungen einer spezifischen Operettenkultur. Es sind Präzisionsapparate der Banalität, man ist rasch bedient und sie schaffen dem nüchternen Leben gern Ersatz durch eine gewisse, natürlich nicht ernst gemeinte Pathetik, über die sie vermöge der Bildung jederzeit verfügen, so daß sie auch in der Lage sind, sich auf des Meeres und der Liebe Wellen mit Zitaten höherer

Ordnung zu bewerfen.) Krotoschiner II und Katzenellenbogen haben es also inzwischen gewagt, wobei unentschieden bleiben mag, wer der Rittersmann und wer der Knapp' ist. Im Wasser wird ein lebhaftes Gespritze durch die Rettung auf ein Felsenstück beendet werden und den darauf abzielenden Plan wird jeweils jener, der als der erste hinaufgelangt, in die Worte fassen: »Auf dieser Bank von Stein will ich mich setzen«, während man sich dem Gegner, der sich trotzdem annähert, mit der Erwartung entgegenstellt: »Durch diese hohle Gasse muß er kommen«. Gelingt es diesem, hinterrücks zum Schlage auszuholen, so kann nur geantwortet werden: »Was wolltest du mit dem Dolche sprich«, worauf wieder prompt der Bescheid erfolgen dürfte: »Ja siehste, es gibt im Menschenleben Augenblicke«. Sally Seligsohn aber, als Eigenbrödler bekannt, hält sich von dem Treiben der Welt fern, hat nur Sinn für Marga, der Lose, und erteilt auf die Frage des Gatten, warum er sich zurückziehe, die im Allgemeinen zutreffende Auskunft: »Der Starke ist mit am mächtigsten allein«. Denn er ist auch nicht auf den Mund gefallen. Entsteht am Strand Bewegung, weil das B. T. angekommen ist, so erschallt unisono die Frage: »Was rennt das Volk, was wälzt sich dort?« Dies Getändel freut den Nereus, der fünfzig Nereiden zu versorgen hat und deshalb auf die Berliner Familien Wert legt, und es geht fort, bis die B. Z. eintrifft und die Sonne untergeht, die schließlich ein Einsehen hat. Im Hintergrund aber sieht man Hans Müller einer Gruppe, die sich bildet, von okkulten Phänomenen erzählen, während Lippowitz im Strandcafé sitzt, damit beschäftigt, einem Stoß reichsdeutscher Blätter das Weltbild zu entnehmen, für eben jene Leser, die das Spiel der Wellen, das sie aufführen, noch auf eine aparte Art zu beleben wissen. In französischen Nordseebädern, wo auf tausend Badende höchstens ein Molière-Zitat entfällt, dürften solche Wahrnehmungen nur dort zu machen sein, wo Deutsche hinkommen, die den Wiederaufbau der Kultur besorgen. Man hört sie dort auch gelegentlich ausrufen: »Nich in die Lamäng!«, was zwar französisch ist, aber nicht von Molière.

Einen Stüber

– also nicht in die Lamäng, wiewohl ich eingedenk bin des im Entstehen begriffenen Sprichworts, daß, wer den Stüber nicht ehrt, des Schillings nicht wert ist, auf den ich aber gleichfalls verzichte. Denn ich bin von einem bäurischen Mißtrauen erfüllt und gebe mich Zweifeln hin, ob die österreichisch-ungarische Bank mir gegen diese Metalle bei ihrer Hauptanstalt in Wien sofort auf Verlangen den angewiesenen Wert in gesetzlichem Papiergelde auszahlen würde. Zwar tröstet Shakespeare: Was ist ein Name, was uns Stüber heißt, wie es auch hieße, würde lieblich klingen. Aber dieser Trost ist mir einen Stüber wert, und ich mag nun einmal ein Geld nicht leiden, an dessen Namen der Duft des christlich-germanischen Schönheitsideals haftet, wie es sich in jener Koalition auswirkt, wo sich der Frank mit dem Kienböck, also Starkes sich und Mildes paarten und es infolgedessen eben den Klang des Stübers gibt. Auch hat er etwas von einer Hans Müller-Währung, gilt so viel wie einen Deut, also weniger als einen Batzen und wird unter allen Umständen mit einem Topp! dahingegeben und mit einem Hei! dankbar empfangen. Ich tu da nit mit. Österreich hat sich in der Wahl seiner Geldbezeichnungen zwar insofern nicht vergriffen, als Stüber auch einen »schnellenden Schlag« bedeuten kann, zum Beispiel einen Nasenstüber von der Entente, und Schilling »eine Tracht Schläge«, also einen schweren Schlag, eine Sanierung. Es sind mithin, um gut Müllersch zu reden, recht hanebüchene Titulaturen. Freilich war es schwer, für eine so suspekte Münze wie die österreichische die richtigen zu finden. Der Frank konnte aus dem Grunde leider nicht eingeführt werden, weil wir ihn schon haben und infolgedessen Zweifel an seinem Wert entstanden wären. Die Krone war nach allen Richtungen schwer kompromittiert und man gibt für keine ihrer Bedeutungen einen Pfifferling. »Ostmark« wäre nicht so übel gewesen, wie einem dabei geworden wäre. Kurzum, es war schwer. Am ehesten hätte ich noch dem Vorschlag einer Freundin zugestimmt, die mehr Grütze im Kopf hat, als in Müllers Beutel Stüber klingen dürften, dem Vorschlag, das österreichische Geld schlicht, wie es ist, zu nennen: *Neanderthaler*.

Ein sonderbarer Schwärmer

Das blödeste Blatt der Welt – also nicht die »Wiener Stimmen« – bringt diesen Notschrei:

> [Die vergessenen Denkmäler]
> Wir erhalten folgende Zuschrift: »Verehrliche Redaktion! Ihre Betrachtungen im Morgenblatt vom 11. d., die den skandalösen Zustand betreffen, in dem sich die Wiener Denkmäler befinden, sind vielen Wienern aus dem Herzen gesprochen. Es ist wirklich im höchsten Grade betrüblich, daß man einen so wertvollen künstlerischen Schmuck, wie ihn die Wiener Denkmäler darstellen, verfallen und zugrundegehen läßt. Am deutlichsten offenbart sich die Gleichgültigkeit, mit der man die Denkmäler behandelt, an den Figuren des Albrechts-Brunnens. Seit Jahr und Tag stehen die Standbilder des Inn und der Save mit abgeschlagenen Händen da und recken dem Passanten ihre Armstümpfe entgegen. Der Mauerverputz ist vielfach abgeblättert, so daß der Brunnen, der an einem der frequentiertesten und repräsentativsten Plätze Wiens gelegen ist, in nicht zu ferner Zeit vollends den Eindruck einer Ruine machen wird. Das zeigt sich bereits an der Figur der March, die von herabgefallenem Schutt gleichsam umrahmt ist. Muß das sein? Eine Entschuldigung gibt es nicht für diese sträfliche Schlamperei, die geeignet ist, das Ansehen Wiens bei den zahlreichen Fremden, die jetzt hieherkommen, um die Schönheiten der vielgerühmten Stadt am Donaustrand zu bewundern, herabzusetzen. ...«

Es muß sein; wie Altmeister Salten vor zehn Jahren ausrief, als es galt, das Unternehmen zu verklären, dem so viele Hunderttausende zwischen Inn und Save die abgeschlagenen Hände verdanken und die Armstümpfe, die sie heute dem Passanten entgegenstrecken können, und so viele aus der Gegend der March, daß sie einmal verschüttet waren und heute nur mehr mit flackerndem Blick die Schönheiten der vielgerühmten Stadt am Donaustrand bewundern können. Zu diesen haben also tatsächlich durch vier Jahrzehnte die Standbilder des Inn, der Save und der March gehört, die das blödeste Blatt der Welt »Denkmäler« nennt und deren Unversehrtheit wohl den äußersten Vandalismus bedeutet hat, der je einem Stadtbild angetan wurde. Daß man speziell der Save, mit der uns doch höchstens noch freundnachbarliche Beziehungen verbinden, die Pratzen abgeschlagen hat, ist eine ästhetische Wohltat, die vielleicht von der jugoslawischen Gesandtschaft als illoyaler Akt empfunden werden könnte. Aber in die Angelegenheiten des Inn lassen wir uns nichts dreinreden und mit dem diesbezüglichen Flußgott, der immerhin noch so dasteht, als ob er an Gschnasfesten des Männergesangvereins mitwirken könnte, können wir machen was wir wollen, und daß die March endlich von herabgefallenem Schutt gleichsam umrahmt ist, ist ein wahrer Segen. Nein, man hat diese Denkmäler nicht vergessen. Sie waren der plastische Ausdruck der Vorstellung, die sich der Besitzer des hinter ihnen aufragenden Hauses, der Erzherzog Friedrich, von den österreichischen Flüssen gemacht haben dürfte, und wenn ebenbürtige Geister ein Bedürfnis nach ihrer Wiederherstellung und den jetzigen idealen Zustand als sträfliche Schlamperei empfinden, so braucht man sich ja nur mit Ambros Bei in Verbindung zu setzen, und der Schönheitssinn der vielgerühmten Stadt an der Donau (deren Denkmal leider nicht verstümmelt ist) wird rehabilitiert sein.

Von denen, die es in Österreich noch gibt

In der Arbeiter-Zeitung war vor etlichen Monaten von einem Richter in Baden erzählt worden, er habe in der Verhandlung an einen Hakenkreuzler die Frage gestellt:

> Haben Sie denn keinen Revolver bei sich gehabt? Hätten Sie doch einen niedergeschossen, daß wir endlich eine Ruhe haben von denen.

Die Arbeiterschaft habe verlangt, daß der Mann sofort in Disziplinaruntersuchung genommen und der vertagte Prozeß einem andern Richter überantwortet werde. Noch beruhigender als die mitgeteilte Tatsache ist die, daß man bis heute weder von einer Berichtigung noch von einer Disziplinaruntersuchung etwas vernommen hat. Es ist wohl der stärkste jener Fälle, die ein Generalisieren unerlaubt machen. Das Problem der Richter in Österreich bewegt sich zwischen den zwei Forderungen: Nur nicht generalisieren! und: Gar nicht ignorieren!

Das haben die Mädchen so gerne

und so träumt jetzt, in München, wo Hitler waltet, die deutsche Jungfrau den Frühling:

Frühlingstraum

Wo finde ich feschen Herrn zwecks bald. Ehe.
Wunsch:

Metzgermeister

od. Autobesitzer

Bin jung, lustig, tüchtig, besitze sehr schöne Möbel und Wäscheausstattung u. Vermögen. In Frage kommen nur Briefe mit Bild u. gew. Herrn, alles andere Papierkorb. Briefe unter Auto 142251 a. d. M. N. N.

Ich gäb' was drum, wenn ich nur wüßt', wer der »gew. Herr« gewesen ist. Offenbar einer der Gewaltigen. Jedenfalls ein Habebald der Mädchen, ein Haltefest der Möbel und ein Raufebold der Nation.

Mit den Negern kann man machen, was man will

Aus einer Zuschrift:

In einem Gespräch mit einem jungen Mann, der seit einiger Zeit im kaufmännischen Beruf tätig ist und demnächst nach Westafrika gehen wird, um dort zu arbeiten, stellte ich die Frage, aus welchem Grunde er die dortigen Lebensbedingungen für besser halte als die hiesigen; ich bekam die folgende Antwort: »Hier ist man der Übervorteilung durch andere sehr ausgesetzt, aber wenn mir dort in Afrika etwas nicht recht ist, dann hau' ich dem betreffenden Neger eine Watschen herunter oder knall ihn nieder; keine Katz schert sich dann um ihn; mit den Negern kann man dort machen, was man will. Wissen Sie übrigens, die bekommen zwei Zigaretten Taglohn und müssen schinden von der Früh bis auf d' Nacht.«

Die Worte aus Ihrem Aufsatz »Der Neger«, angefangen von »Geh hörst'rr schau drr den schwoazen Murl an!« bis »Tepataa –!« »Stinkataa –!« haben mir, seit ich sie kenne, die Art der Wiener, alles was ihnen fremd ist, eben nur einzig und allein aus dem Grund, weil es ihnen fremd ist, auf diese Weise zu beurteilen und ihre verletzte Gemütlichkeit so zu bekunden, am treffendsten charakterisiert; auch hierin ist schon die Grausamkeit, daß man einem Schwarzen alles antun kann, enthalten; weil er als Schwarzer geboren wurde, hat er alle Konsequenzen zu tragen, auch die, von jedem Wiener Pülcher, falls er erwischt wird, durchgehaut zu werden. Ob so bald jemand, der nicht in Wien bodenständig ist, gefunden werden könnte, der eine Bemerkung, die ähnliche Roheit verrät, machen würde, ist sehr zu bezweifeln.

Sicherlich ist, wiewohl ja die Schwarzen moralisch turmhoch über ihren weißen Peinigern jeder Landsmannschaft stehen, derlei nur in der Gegend möglich, die von Gott ein Patent auf Gemütlichkeit bekommen hat. Aber er hat es, weiß Gott, doch schlecht eingerichtet, wenn man sich vorstellen soll, daß in Westafrika ein nichtsahnender Neger sich heute noch der Sonne freut, der zu Weihnachten schon erschlagen sein wird, weil er etwas getan hat, was dem feschen Wögerer Pepi, dem soeben die Freunderln auf dem Bahnhof Abschied zuwinken, »nicht recht ist«.

Verspielt und vertan

In einer und derselben Stunde bin ich dieser beiden Briefe ansichtig geworden:

– – Bei dieser Gelegenheit will ich etwas nachtragen, was ich aus Zeitmangel damals versäumt habe, nämlich Ihnen meine herzlichsten Glückwünsche zu Ihrem 50. Geburtstag und zum Jubiläum des 25jährigen Bestehens der ›Fackel‹ auszusprechen. Was Sie während dieser Jahre als Dichter und Kritiker der Zeit für die deutsche Sprache und Schaffung einer wahrhaft reinen Atmosphäre, ferner als Sprecher Ihres eigenen Wortes und des Wortes anderer geleistet haben – nie werde ich den Eindruck Ihrer Vorlesung der »Weber« vergessen –, ist ganz ungeheuer und einzigartig; dazu kommt Ihr Verständnis und Ihre Liebe zum echten Theater, das Ihnen wie so vieles andere von den Sudlern der Presse streitig gemacht wird; je mehr ich im Laufe der Zeit Ihre Größe erkannte, desto unerklärlicher wurde mir die Stellungnahme der Umwelt zu Ihnen; wie kann man, frage ich mich immer wieder, an diesen Werten stumm vorbeigehen, nur

– Ich habe immer mit großem Vergnügen Ihre Schriften und Ihre »Fackel« gelesen und immer Ihr Ethos und Ihre Intelligenz anerkannt, ganz abgesehen von den hervortretenden Eigentümlichkeiten Ihrer Rasse, so da sind: Überheblichkeit, gesteigerter Eigendünkel und eine große Dosis Unbelehrbarkeit und geistiges Beckmessertum. – – Ja glauben Sie denn, daß böse Menschen, daß menschliches Wollen ausreichend wäre, ja, es überhaupt vermöchte, diese Erscheinungen, welche Sie bekämpfen, zu erzeugen? Krieg, Presse, Korruption sind soziologische Erscheinungsformen – –

Was wird bleiben von Ihnen? Eine literarische Erscheinung etwa wie Lichtenberg, ohne Einwirkung auf das Geistesleben der Zeit, gebannt in einen kleinen Kreis jüdischer Schmöcke und etlicher begeisterter Idealisten, welche nie an die Krippe kommen werden, weil sie zu anständig sind. Erscheint Ihnen etwa Herr Seitz als Ihr idealer Zuhörer, oder Herr Ren-

damit der eigene Unwert bestehen bleibt? Aber nicht genug, daß in den »Weltblättern« und anderen Zeitungen von Kinostücken mehr die Rede ist als von Ihnen, nein, es wird oft versucht, die vorhandenen Werte einfach abzuleugnen und sie ins Gegenteil zu verwandeln; aber durch nichts ist die ganze Schmach der Journalistik und ihre völlige Unkompetenz in der Anerkennung geistiger Werte schlagender bewiesen als durch eben diese Art, Sie totzuschweigen und Ihnen das abzusprechen, was Sie sind.

Die Leute, denen das Geld der Inbegriff des Lebens geworden ist, tun nur das, was ihnen wieder Geld einbringt, und ihre ganze Denkungsweise ist so eingestellt, daß die Gesinnung irgend eines Menschen, nach ihrer Meinung nie um ihrer selbst willen vorhanden ist, sondern irgend einen Grund haben muß; also wenn man gegen irgend eine Person auftritt, weil man sie für einen Schädling hält, so ist natürlich in Wahrheit der Grund der, daß man diesen Menschen aus persönlichen Motiven haßt, wahrscheinlich deshalb, weil er einem früher einmal etwas angetan hat; das Empörende daran

ner und andere der k. k. Republikanischen Genossen? Sie sind und bleiben steril, weil Sie nicht im Leben wurzeln, weil Ihr Werk Literatur ist, ein Teil der von Ihnen so verachteten Literatur, weil Sie doch am Buchstaben kleben und weil Ihr alttestamentarischer Haß Sie das volle , brausende Leben übersehen und hochmütig geringschätzen läßt. Haben Sie nicht Ihr Pfund vergraben, hätten Sie nicht der Nation vorangehen können, wenn das tragende Element Ihres Wirkens die Liebe gewesen wäre und nicht der Haß, jener tödliche, ätzende Haß, der zutiefst doch im Judentume wurzelt, das Sie so sehr verachten, weil Sie von ihm innerlich nie und nimmer loskommen werden. Und auch Ihr Haß, hatte er je großen Zug, war er vorauseilend, stellte er sich kühn in den Weg, wagte er es, ein Flammenzeichen zu sein wie das Werk Beaumarchais? Sie kamen immer hinterher, nachher, aus einer relativen Sicherheit, war Ihr Verhalten im Kriege nicht zumindest zweideutig und sehr vorsichtig, denken Sie an England, an seine Bekenner im Kriege, welche Menschen und Charaktere waren. Erachten Sie es als eine Heldentat, diesem

ist nicht, daß sie selbst so denken, sondern jemandem, der anders ist, es einfach ableugnen, und, wenn seine Gesinnung noch so rein ist, sie werden niemals verlegen, wenn es darauf ankommt, einen »natürlicheren« Erklärungsgrund zu finden. Und diese Leute, also die sogenannten Stützen der Gesellschaft, glauben steif und fest, daß Ihr Haß und Ihre »Wut« gegen die Presse sich nur daraus erklären läßt, daß Sie von ihr nicht anerkannt werden; »ich bitt' Sie, was kann sonst der Grund sein«, bekommt man immer wieder zu hören.

Ich weiß, daß ich mit diesen Worten auch nicht im entferntesten Ihrer Bedeutung und Ihrer Kunst gerecht geworden bin; doch dazu reicht meine Fähigkeit, das auszudrücken, was ich weiß und fühle, nicht aus; was ich aber erreicht zu haben hoffe, ist, daß Sie an die Ehrlichkeit eines Menschen glauben werden, der sich aus dieser gottverlassenen Welt zu retten sucht.

Nehmen Sie das Schweigen der Umwelt als die Unterzeichnung des von Ihnen über sie verhängten Todesurteils an!

Schöpsen von Friedrich einen Fußtritt zu geben und Wilhelm eine Grabrede zu halten? Wo waren Sie damals, als es noch kühn war, eine freie Rede zu führen? Brachte Sie Ihr Ästhetizismus, Ihre Sucht, ein Eigener, ein Besonderer zu sein, nicht in die Nähe der Konservativen, der Reaktionäre? Wie bekämpften Sie die Presse, klebten Sie vorerst nicht an den Druckfehlern und an den armseligen Redewendungen armer, schlecht bezahlter Teufel, die um ihr Brot zitterten. Mußten Sie es jemals, der Sie immer unabhängig waren und dem die Unabhängigkeit die Möglichkeit zu Ihrer spezifischen Betätigung gab. Ich, der Ihnen dies schreibt, ich bin kein Jude, ich bin kein Journalist, ich bin ein Arier, kein Wiener, bin aus dem Alpenlande. Ich erkenne es aus dem tiefsten Instinkte, daß Sie eine gebrochene Existenz, ein antisemitischer Jude und zutiefst ein betrogener Betrüger sind. Sie zittern nach der Anerkennung, mag auch Ihre Rede sich hochmütig davor verschließen, mögen Sie auch den Gleichgültigen spielen. Ihre Eitelkeit schlägt oft komische Kapriolen und verrät die Wunden Ihres Herzens.

Ziehen Sie die Schlußsumme

Ihres Lebens, Sie haben es verspielt und vertan, was übrig
bleibt, einige Zeilen in den Lite-
raturgeschichten, einige Gedichte, die Erkenntnis, daß Ihr Ethos
vergeudet, nutzlos, daß Sie nicht
mit dem Leben gingen, nicht
voranstürmten, sondern aus
dem Hinterhalte kleine Pfeile
schossen, seitenlang mit Leuten,
wie Großmann etc. polemisier-
ten, Benedikt bekämpften und
dabei ganz vergaßen, für das
Leben zu kämpfen, für die Freiheit, für die Menschenrechte,
nicht für Druckfehler und gegen
armselige Teufel von Sold-
schmierern. – – Ewig unfrucht-
bar ist der Haß, wirken, beleben,
über die Jahrhunderte dauern
kann nur die Liebe. Armer, klei-
ner Swift, auch Ihre Werke werden zu Kinderbüchern werden!

Also da muß ich schon sagen, daß in Bezug auf der Parteien
Gunst und Haß und das infolge dieser Verwirrung eintretende
Schwanken des Charakterbildes in der Geschichte der Wallenstein
ein Hascherl gegen mich war. Indes verschmähe ich auf der wilden
Jagd, in der es nun einmal keinen Halt bis zu der mir bevorstehen-
den schwarzen Riesenfaust gibt, des Rechten Warnen und lass' vom
Linken mich umgarnen. Wer der Reiter rechts war, »ich ahnt' es
wohl, doch weiß ich's nicht«, und glaub' ihm aufs Wort, daß er ein
Arier und aus dem Alpenlande ist. Er hofft sich dadurch ein Bildl
bei mir einzulegen, er hält mich für einen Antisemiten, aber er weiß
offenbar noch nicht, daß ich die Juden zum Fressen gern habe,
wenn ich an die Bewohner des Alpenlandes denke, und gut jüdi-
sche Worte fallen mir sogar ein, wenn ich sehen muß, wie sich so

ein armer Bodenständling im Schweiße seines Angesichts etc. mit mir abplagt. Also daß ich als Lichtenberg enden werde – man soll sich nur vorstellen: ein Lichtenberg, ohne Einwirkung auf das Geistesleben, gebannt in einen kleinen Kreis jüdischer Schmöcke –: das wird mein Soff sein! Ein verpfuschtes Leben, unter dem Auswurf begeisterter Idealisten, welche nie an die Krippe kommen, weil sie zu anständig sind – o wie oft verdrießt es mich, daß ich nicht als Trottel auf die Welt gekommen bin, Minister könnt' ich heut sein! (Oder voranstürmen!) Wenn ich die Schlußsumme meines Lebens ziehen soll – was aber nur auf Verlangen geschieht –: Verspielt und vertan ... Und wenn ich dann gar als ein armer Teufel von einem Swift übrigbleibe, dessen Werke zu Kinderbüchern werden, da wird sich keiner, der nicht geradezu aus dem Alpenlande ist, des Ausrufs enthalten können: Weit gebracht! Aber ein Verblendeter wie ich bin, kann ich wahrscheinlich diesen miserablen Ausgang gar nicht erwarten und wünsche womöglich, daß schon bei meinen Lebzeiten die »Letzten Tage der Menschheit« als Kinderbuch erscheinen, damit die kleinen Arier, wenn sie heranwachsen, nicht wieder so große Arier werden, um Gusto auf Weltkrieg zu haben. Aber da ließe sich ja nichts machen, weil er doch nur eine soziologische Erscheinungsform ist (wie die Presse, die ich kolossal bekämpfen könnte, wenn ich nicht an den Druckfehlern klebte). Und ist es nicht heute leicht, von den »Letzten Tagen der Menschheit« zu sprechen, nachdem mein Verhalten im Kriege, wo ich sie vorgelesen habe anstatt voranzustürmen und für das Leben zu kämpfen, zumindest zweideutig und sehr vorsichtig war? Wo war ich damals, als es noch kühn war, eine freie Rede zu führen? Im Jahre 1917 in Berlin Wilhelm eine Grabrede zu halten, dazu gehört freilich weniger Mut als für einen Arier, 1924 einen anonymen Brief zu schreiben, nachdem er schon immer mein Ethos anerkannt hat. Was er vor mir voraus hat, ist die Liebe, ist der Blick für das volle, brausende Leben (Fußball, Radio) und ein Gefühl für Menschenrechte, die ich dem Alpenländler gern bestreite. Was er vor mir voraus hat, ist auch, daß ich mir zwar Renner als idealen Zuhörer denke, aber nicht an Beaumarchais hinanreiche, wiewohl ich eigentlich ganz froh bin, nicht »Figaros Hochzeit« geschrieben zu haben, bei deren Lektüre ich erst kürzlich eingeschlafen bin. Also nix als bisserl Swift und Lichtenberg, eine gebrochene Existenz. Freilich mit einer unerhörten Eitelkeit, der das Bewußtsein, unter Trotteln zu leben, täglich noch Nahrung gibt, aber auch mit der verzehrenden Gier, von diesen sowie von der Presse endlich anerkannt zu sein.

Die Zauberlehrlinge

äußern sich:

>>– Noch merkwürdiger erscheint das Vorgehen der Behörde, wenn man bedenkt, daß das Kurpfuscherwesen auch auf dem Gebiete der Psychoanalyse überhandzunehmen droht.

Wo denn sonst?

– Ich habe erst kürzlich anläßlich eines Vortrages ... auf die Gefahren der Analyse hingewiesen.

Mit Recht.

– Wie immer die Einzelheiten dieses Falles sind, er hat gezeigt, daß sich der Analytiker selbst oft in sehr großen Gefahren befindet,

ah so

auf die ich meine Schüler wiederholt aufmerksam gemacht habe, da sich Impulshandlungen unter Umständen auch gegen den Arzt selbst richten können.

Warum nicht, wenn sich Intelligenzhandlungen gegen den Patienten richten?

– Wie in anderen Ländern droht nun auch bei uns die Analyse zu einer förmlichen Seuche zu werden,

wem sagen Sie das

indem Menschen, die keinen festen eigentlichen Beruf haben, oder halbgeheilte Neurotiker plötzlich die Mission in sich fühlen, durch ihre analytische Betätigung die Menschen glücklich zu machen.

Mit einem Wort, Psychoanalytiker.

In vielen Fällen haben Leute, die sich ihnen anvertraut haben, die schwerste Schädigung ihres Organismus und ihres Seelenlebens erlitten.<<

Auch ihrer Vermögensverhältnisse.

»– Die Psychoanalyse ist geradezu zur Seuche geworden. Nicht nur in Wien, sondern in allen Kulturzentren der Welt. Zahlreiche verkrachte Existenzen drängen sich zur Analyse, weil das Publikum danach verlangt und dorthin geht, wo sie eben angeboten wird. Wir kennen ausgesprochene Verbrechernaturen, die wir analysiert haben, die wir jedoch wegen ihrer unangreifbaren moral insanity zu keinem guten Ende führen konnten, und waren aufs Unangenehmste betroffen, als wir Annoncen dieser Leute in den Tageszeitungen antrafen.«

Das ist alles buchstäblich wahr, besonders das mit der moral insanity; ich kann ein Lied davon singen und habe den Text. Aber wie kommt das alles nur? Es wird wohl so sein wie mit dem Hauptmann von Köpenick, dem die Menschheit für die Entlarvung eines Berufs dankbar sein sollte, der sie noch länger fetischhaft fasziniert hat und dessen Idolatrie gleichfalls eine psychische Lücke ausfüllte. Die falschen Militärpatrouillen, denen der Bürger hereinfiel, haben ihn gelehrt, sich vor den echten in Acht zu nehmen. Die falsche Psychoanalyse hat ein Verdienst, das die echte vorläufig nicht hat: von der Falschheit der echten zu überzeugen. Es gibt echte Psychoanalytiker, bei denen man zum mindesten nicht weiß, ob sie Arzt oder Patient sind, und es gehört zum Wesen der Krankheit und ihrer Therapie, daß die Krankheit die Therapie hat und die Therapie die Krankheit, daß die Gesunden als Patienten aus der Ordination hervorgehen und die Patienten als Ärzte. Da herrscht ewige Verwechslung und so auch zwischen echten und falschen Psychoanalytikern. Es ist ein Zauber, der Neurose wie weiland der Montur, und die Menschheit soll eben trachten, sich auch gegen den Reiz abzuhärten, der vom Reglement der Hemmungen ausgeht. Es ist aber ein Zauber, der keinen Meister hat und nur fortzeugend Lehrlinge muß gebären. Die Berufe haben's in sich, nämlich das, was die falschen Psychoanalytiker so gut erkennen lassen wie die falschen Militärs. Sie machen sich um die Menschheit verdient. Wenn die Psychoanalyse eine Seuche geworden ist, die sie ja eigentlich immer und schon beim ersten beobachteten Fall war, so ist das insofern gesund, als man sich hüten wird, Ausnahmen gelten zu lassen, weil sie befugt seien, die Cholera zu haben.

1924

Eigene Buchreihe oder eigenen Verlag gründen

Seit 2009 bietet tredition sein Verlagskonzept auch als sogenanntes "White-Label" an. Das bedeutet, dass andere Unternehmen, Institutionen und Personen risikofrei und unkompliziert selbst zum Herausgeber von Büchern und Buchreihen unter eigener Marke werden können. tredition übernimmt dabei das komplette Herstellungs- und Distributionsrisiko.

Zahlreiche Zeitschriften-, Zeitungs- und Buchverlage, Universitäten, Forschungseinrichtungen u.v.m. nutzen diese Dienstleistung von tredition, um unter eigener Marke ohne Risiko Bücher zu verlegen.

Alle Informationen im Internet: **www.tredition.de/fuer-verlage**

tredition wurde mit mehreren Innovationspreisen ausgezeichnet, u. a. mit dem Webfuture Award und dem Innovationspreis der Buch Digitale.

tredition ist Mitglied im Börsenverein des Deutschen Buchhandels.

Dieses Werk elektronisch lesen

Dieses Werk ist Teil der Gutenberg-DE Edition DVD. Diese enthält das komplette Archiv des Projekt Gutenberg-DE. Die DVD ist im Internet erhältlich auf **http://gutenbergshop.abc.de**